Mord beim perfekten Dinner

ANKE HARBECK

Mord beim perfekten Dinner

Bibliografische Information der Deutschen Nationalbibliothek:
Die Deutsche Nationalbibliothek verzeichnet diese Publikation
in der Deutschen Nationalbibliografie; detaillierte bibliografische
Daten sind im Internet über http://dnb.dnb.de abrufbar.

© 2017 Anke Harbeck
Satz, Umschlaggestaltung, Herstellung und Verlag:
BoD - Books on Demand

ISBN: 978-3-7431-7111-4

Inhalt

Samstag: Der Tote vom Bahnhof Ohlsdorf	7
Montag: Angelique Cuína Mallorquina	13
Samstag: In der Gerichtsmedizin	26
Dienstag: Sven-René Menü der drei Köstlichkeiten	32
Samstag: Im Polizeipräsidium	47
Mittwoch: Jockel Apó tin Ellada	53
Samstag: Im Polizeipräsidium	68
Donnerstag: Henner Una notte speziale	74
Sonntag: Lokaltermin bei Henner	89
Freitag: Ruth Früchtezauber	94
Sonntag: Lokaltermin bei Ruth	108

Samstag:
Der Tote vom Bahnhof Ohlsdorf

»So was hab ich mein Lebtach noch nich' gesehen! Und eins schwör ich euch, Loide: So was *will* ich auch mein Lebtach nich' noch ma' sehen!«

Mit diesen Worten begrüßt Walter Dorn die ankommenden Kommissare, nachdem er den Toten auf dem Bahnsteig am Bahnhof Ohlsdorf gefunden hat. Es ist ein milder trockener Samstagmorgen Anfang Mai, aber für viele der hier Anwesenden wird dieser Samstag wohl eher ins Wasser fallen.

Walter Dorn ist auf dem Heimweg von seiner Spätschicht in der Fleischfabrik und riecht entsprechend. Er deutet mit zittrigem Finger auf einen Papierkorb: »Da hab ich Spuren entdeckt; hab noch gedacht, was für ein Besoffener da wohl reingekotzt hat. Aber die Spuren gingen weiter, und ich bin denen nachgegangen bis zu der Plane da.«

Die besagte Plane liegt an einer Schütte, in der Sand zum Streuen für den Winterdienst verwahrt wird. Walter fährt fort: »Da guckten zwei Beine oder Füße raus. Ich hab den ans Bein gefasst und gesacht: He, du Penner, oder so was, aber der hat sich nich' gerührt, und dann hab ich die Plane wechgezogen und die Bescherung gesehen.« Er holt tief Luft und keucht: »Das war komisch … der hat sich da verkrochen wie … Machen manche Viecher das nich' so, Elefanten oder was weiß ich, dass die sich zum Sterben verstecken, als wenn die allein sein wollten? – Himmel, mir is' kotzübel, ich könnte glatt 'nen Schnaps vertragen!«

Walter sieht eher so aus, als habe er schon einen intus, aber er hat dann alles richtig gemacht: »Ich hab der Gerda vom Kiosk Bescheid gesacht, und die hat sich das angeguckt und 'n Notarzt und die Polizei angerufen; aber das mit dem Notarzt war wohl eher 'ne Formsache: Das war ja offensichtlich, der war noch toter als der Chicagoer Friedhof!«

Dann ist die übliche Maschinerie losgegangen: Notarzt, Streifenpolizei, Kriminalpolizei, Spurensicherung, Gerichtsmedizin verständigen, Fundort absperren. Denn dieser Tote ist entschieden keines natürlichen Todes gestorben: Er hat Spuren von Erbrochenem im Mundwinkel und auf der Kleidung. Seine ganze Haltung ist seltsam verkrampft, Augen und Mund sind panisch aufgerissen, und die Gesichtsfarbe ist zyanotisch.

Kommissaranwärter Max Thomas neigt sich zu dem Toten hinunter und kommentiert: »Hm, kein schöner Anblick.«

Max Thomas wurde vor zwei Jahren von Frankfurt nach Hamburg versetzt, und da er und seine Frau ursprünglich aus Norddeutschland stammen, freute sich seine kleine Familie geradezu über diese Versetzung. Max Thomas ist ehrgeizig: ein junger Heißsporn von Ende dreißig, der seinen Job sehr ernst nimmt, ein gutaussehender Mann mit dunklem, zurückgestrichenem Haar, oft lächelnden roten Lippen und dunklen Augen. Zwei Marotten haben ihn in seinem neuen Präsidium schnell berüchtigt gemacht: Die erste ist – statt eines Notizblocks – ein dickes unliniertes, fest und schwarz eingebundenes Buch, das er stets bei sich trägt und in dem er mit dickem Füllfederhalter akribisch seine Notizen einzutragen pflegt; die zweite ist eine jedermann tapfer eingestandene und auch leidenschaftlich gelebte Schwäche für Schokolade, die sich bis jetzt jedoch nicht in seiner Figur niedergeschlagen hat. Er hegt viel Bewunderung und Respekt für seinen Vorgesetzten und hofft, eines Tages in dessen Fußstapfen treten zu können.

Max' Vorgesetzter Friedhelm Bolle ist das komplette Gegenstück zu dem jungen Nachfolger: etwas über sechzig Jahre alt, von gemütlichem Wesen und kurz vor der ersehnten Pension, mit eisgrauem, sich lichtendem Haar, gepflegtem Vollbart und einem »Waschmaschinenbauch« (wie er selbst schalkhaft sagt), der seine Leidenschaft für gutes Essen nicht verleugnet.

Auch Friedhelm beugt sich über den Toten und konstatiert: »Der ist wohl auch nicht schön gestorben. Ich vermute, Herr Kollege, der Appetit auf Schokolade ist Ihnen vorläufig vergangen.«

»Weiß Gott, ja.« Max holt tief Luft und reckt seinen Hals, als wollte er ihn verlängern. »Ich vermute, Sie haben eine Idee, woran unser Kandidat verstorben ist.«

»Ja«, brummt Friedhelm nachdenklich, »aber wir wollen erst mal sehen, was unser Kollege Ypsilon dazu sagt. – Ypsilon, hast du schon was für uns?«

Bei dem so Angesprochenen handelt es sich um Lutger Dabelstein, die begnadete Koryphäe vom gerichtsmedizinischen Institut, einem drahtigen Mann mit grauem gepflegtem Streichholzschnitt über einem hellen, stets lachenden Gesicht mit wachen Blauaugen. Den Spitznamen *Ypsilon* hat Friedhelm Bolle ihm vor Jahren verpasst wegen der üblichen Maßnahme des *Ypsilon-Schnitts* an den Kandidaten auf seinem Tisch in der Gerichtsmedizin – einer Maßnahme, gegen die diese Kandidaten sich im Allgemeinen nicht zu wehren pflegen.

»Das Offensichtliche siehst du selbst«, erwidert Lutger, nachdem er den Toten zunächst oberflächlich untersucht hat. »Der Mann ist an einer Vergiftung gestorben. Ich könnte mich jetzt ins Land der Sagen und Märchen begeben und Vermutungen anstellen, was das für ein Gift war, aber ich werde mich schwer hüten!«

Er reicht den Kommissaren eine in Plastikfolie gehüllte Brieftasche, und Max zieht diese mit behandschuhten Händen heraus und klappt sie auf.

»Wenigstens hat euer Toter einen Namen und eine Adresse«, knurrt Lutger und wendet sich zum Rückzug. »Alles Weitere nach der Obduktion. Das Sprüchlein kennt ihr ja. Ich nehme ihn mir gleich vor.«

»Kein Führerschein, nur eine Dauerkarte für den HVV«, murmelt Max, und Friedhelm erwidert: »Na ja, er wird mit der Bahn gefahren sein.«

»Das würde ich vielleicht auch, wenn ich abends die Absicht habe, etwas zu trinken, aber deswegen lasse ich nicht meinen Führerschein zu Hause, oder machen Sie das?«

»Nein, das ist natürlich völlig richtig.« Friedhelm guckt seinem Kollegen über die Schulter auf den Personalausweis. »Er wohnte in Wandsbek. Wir werden mal sehen, ob wir da Angehörige verständigen können, dann erfahren wir vielleicht auch gleich, wo er gestern Abend war.«

Zwei Stunden später sitzen die beiden Kommissare in ihrem Büro im Polizeipräsidium. Lisbeth Möller, die kleine dralle Assistentin, steckt ihren gepflegten kurzen Blondschopf zur Tür herein und schmettert: »Wollt ihr 'nen Kaffee?«

»Gerne, Lieschen«, brummt Friedhelm, und Lieschen stellt ihm einen Becher mit starkem schwarzem Gebräu und Max einen Kaffee mit viel Milch und Zucker auf den Tisch. Max wickelt nachdenklich ein Schokoladenosterei aus der Verpackung und beißt hinein. »Wir sind nicht wesentlich schlauer, oder?«

Der Tote hat noch bei seiner Mutter in einer Einliegerwohnung in deren Einfamilienhaus gewohnt. Die Mutter haben die beiden Kommissare auch zu Hause angetroffen, aber nach der Überbringung der traurigen Nachricht ist die Dame regelrecht mit einem Schock zusammengeklappt und ins Krankenhaus überführt worden. Vorläufig nicht vernehmungsfähig, hat der Arzt erklärt. Sie war auch nicht imstande zu erzählen, wo ihr Sohn den gestrigen Abend verbracht hat. Eine kurze Durchsuchung der Wohnung hat immerhin ergeben, dass der Tote Filialleiter bei Runner's Point im Wandsbek Quarree gewesen ist.

»Das ist bei seiner Wohnung um die Ecke, da kann er auch zu Fuß oder mit dem Rad hingekommen sein. Führerschein haben wir keinen gefunden, also hatte er wohl tatsächlich keinen«, denkt Max laut, und Friedhelm spricht sich zwischen zwei Schluck Kaffee selbst Mut zu: »Bei Runner's Point arbeiten die heute wenigstens. Vielleicht wissen seine Arbeitskollegen was. Aber der Laden macht erst um zehn auf, vorher treffen wir da niemanden an.«

»Ich frage mich, was der in Ohlsdorf zu suchen hatte. Wenn er mit der S-Bahn unterwegs war, hätte er bis Wandsbek durchfahren können«, sinniert Max, aber Friedhelm winkt ab: »Er muss ja nicht mit der S-Bahn auf dem Heimweg gewesen sein. Da gibt's so viele Möglichkeiten. Vielleicht wollte er von der U-Bahn umsteigen. Oder in die U-Bahn, vielleicht wollte er nicht nach Hause, sondern noch woandershin. Eine weitere Variante wäre, dass ihm in der Bahn schlecht wurde und er ausstieg, um frische Luft zu schnappen.«

»Irgendwie kommt mir diese Variante am realistischsten vor«, befindet Max. »Wenn wir wenigstens wüssten, womit der vergiftet wurde. Vielleicht können wir kurz bei Ypsilon ...«

»Die Gerichtsmedizin ist da«, unterbricht Lieschen vernehmlich seine Gedanken, und Friedhelm murmelt trocken: »Seit wann kommt der Knochen zum Hund?«

»Nee, nicht Herr Dabelstein«, Lieschen winkt eine große schlanke Blondine ins Büro, »Frau Sievert, deine Freundin. Das solltet ihr euch mal anhören. Sie kennt euren Toten oder so.«

»Maike, mien Sööten, wat hest denn für uns?«, begrüßt Friedhelm die junge gerichtsmedizinische Assistentin wohlwollend. Süß ist ein Eigenschaftswort, das auf die Sievert als Allerletztes passt, denkt Max. Maike Sievert ist groß und fast mager, und ihre schicken weißen Turnschuhe knallen zackig über das Linoleum, als sie das Zimmer betritt. Ihr weißer Kittel flattert offen über ein Sweatshirt und eine Jeans, die sie sich nur mit Hilfe einer Kneifzange angezogen haben kann, und das weizenblonde lange, zu einem Pferdeschwanz gegürtete Haar hat sie so straff nach hinten gestrichen, dass ihre Stirn fast wie geliftet aussieht.

»Moin, Männers«, grüßt sie salopp. »Das geht um den Toten vom

Bahnhof Ohlsdorf. Ypsilon hat ihn gerade auf dem Tisch. Und ich hab eventuell was, was euch weiterhilft.«

»Sie kannten den Toten?«, fragt Max gespannt, und Maike schüttelt den Kopf: »Nee, das nicht, aber ich habe ihn gestern Abend gesehen. Ich meine, ich weiß, wo der war. Gestern war ich so gegen halb sieben zu Hause und ziemlich platt, ich wollte nur noch Fast Food und fernsehen ...«

»Falls Sie damit andeuten wollen, dass der Tote Ähnlichkeit mit Fast Food hatte ...«, riskiert Max einen lahmen Witz, aber sie bügelt ihm ungeduldig dazwischen: »Nee, ich habe ihn im Fernsehen gesehen. Der war gestern Abend Gast beim *perfekten Dinner*.«

Die Köpfe von Friedhelm, Max und Lieschen schießen gleichzeitig in die Höhe. Friedhelm fragt wie vom Donner gerührt: »Davon hat meine Frau schon mal was erzählt. Was ist das für 'ne Sendung?«

»Die läuft montags bis freitags um sieben auf VOX.« Aus Lieschen spricht die Expertin. »Ich sehe das auch ganz gerne mal, wenn ich mal pünktlich aus diesem Irrenhaus rauskomme. Fünf Leute aus einer Stadt oder Region – letzte Woche aus Hamburg, nehme ich an – richten ein Menü aus; jeder ist an einem Wochentag mal dran und lädt die anderen ein. Und die müssen dann Punkte vergeben und den Sieger ermitteln.«

»Und du bist sicher, dass der Mann dabei war?«, fragt Friedhelm ein wenig zweifelnd, und Maike nickt bekräftigend: »Du, ich habe den doch gesehen. Der liegt bei uns auf dem Tisch. Und der Name auf dem Ausweis, die Adresse ... hundertprozentig.«

Max wendet sich wie alarmiert an Lieschen: »Frau Möller, googlen Sie doch mal im Internet, wir brauchen die Telefonnummer von VOX, und rufen Sie da doch mal an ...«

»Dafür brauche ich kein Internet. Ich hab 'ne Programmzeitschrift hier«, versetzt Lieschen praktisch. »Da steht die Service-Hotline von dem Sender drin. Ich hänge mich gleich mal ans Telefon. Ist klar, ihr braucht 'ne Gästeliste.«

»Wir sollten vielleicht auch noch 'n paar zusätzliche Streifenhörnchen zum Ohlsdorfer Bahnhof schicken«, schlägt Max vor, und Friedhelm haut zustimmend mit der Hand auf den Tisch: »Völlig richtig, Herr Kollege! Wenn Lieschen jetzt bei VOX anruft und erzählt, dass es 'nen Toten unter den Dinnergästen gegeben hat, macht sie da vielleicht die Pferde wild, und der Sender schickt umgehend irgendwelche Geier zum Tatort, die diese Geschichte ausschlachten wollen.«

»Man sollte meinen, dass diese Story keine gute Reklame für die Sendung ist«, brummt Maike düster, aber niemand achtet auf sie. Die Kommissare haben gespannt die Löffel gespitzt in Richtung Lieschens Telefon.

Montag: Angelique
Cuína Mallorquina

Das Menü:
*
Tapas variadas: Pa amb oli mit marinierten Gemüsestreifen
*
Lomo con col mit patatas bravas und aioli
*
Flan mit heißen Kirschen

Angelique ist eine Augenweide. Eine mittelgroße Frau, 37 Jahre alt, mit weiblichen, aber nicht zu üppigen Formen, strahlenden dunkelbraunen Augen, langem glatten dunklen Haar und einer Haut, die immer ein wenig nach Urlaubsbräune aussieht, was ihr gewinnendes Lächeln noch mehr zur Geltung bringt, als sie das Team von VOX in ihrer Wohnung empfängt.

»Wir sind vor kurzem umgezogen.« Sie deutet schwungvoll um sich. »Es sieht hier leider noch etwas wüst aus. So ein Umzug ist ja immer chaotisch, und dann mit zwei Kindern, und mein Mann ist beruflich sehr eingespannt und kann sich nicht immer so um alles kümmern, also habe ich das alles an der Backe. Dann habe ich noch einen Job. Manchmal wollte ich, ich könnte mich klonen ... Na ja, das wird schon irgendwie.«

Angelique wohnt in einer hübschen großzügigen Maisonettewohnung mit Blick auf alte Bäume, Wiesen und den Kanal. Weiß-, Creme- und dezente Brauntöne dominieren die Einrichtung in den meisten Zimmern, es ist schlicht und nobel. Nur die Zimmer der beiden Töchter, die Angelique natürlich auch präsentiert, leuchten in fröhlichem Gelb und Blau und weisen das übliche überladene Kleinkinderchaos aus, und neben der Garderobe stören zahllose übereinandergestapelte Umzugskartons ein wenig das Ambiente.

Angelique arbeitet halbtags an der Telefonzentrale eines Hotels. Ihr Mann ist Architekt und kommt abends oft sehr spät heim. Die sechs- und achtjährigen Mädchen, von denen die stolze Mama auch gleich entsprechende Fotos zeigt, sind heute bei einer Freundin untergebracht.

»Die schlafen da heute Nacht auch, die finden das toll«, erklärt Angelique. »Das wäre auch nicht so ganz passend, wenn meine beiden Mäuse hier zwischen den Gästen rumwuseln würden. Ich muss sowieso mal sehen, wie ich das hier alles auf die Reihe kriege. Das ist ja auch alles immer nicht so ganz einfach, mit der Arbeit und wie ich das mit meinen Kindern organisiere ... Na ja, ich lege dann besser mal los.«

Erst mal geht es in einen spanischen Supermarkt. Angelique spricht Spanisch wie ein Donnerwetter, wie sie gleich bei der Verhandlung mit dem Verkäufer demonstriert, während sie einen Kohlkopf und Kartoffeln sowie Schweinelendchen und einige Flaschen *Trapiche* erwirbt. Auf dem Rückweg erzählt sie von ihrer Leidenschaft für die spanische, Pardon, mallorquinische Küche: »Es fing mit einem Urlaub an. Erst verliebte ich mich in die Insel, in die Sprache, dann in das Essen und dann in einen Deutschen, der da vor kurzem eine Bar eröffnet hatte. Ich habe ihn öfter besucht – ich war fünfundzwanzig und habe monatelang praktisch nur aus dem Koffer gelebt –, dann bin ich zu ihm gezogen. Es knallte schon nach einem Jahr. Aber ich bin noch zwei weitere Jahre dageblieben. Dann habe ich da meinen Mann kennen gelernt und bin zurück nach Deutschland. Na ja, aber die Liebe zu Mallorca ist geblieben.«

Die Küche ist nicht riesig, aber hell, modern und mit allem ausgestattet. Angelique blanchiert den Kohlkopf und zieht ihm ein paar Blätter ab, in die sie die zuvor gewürzten Schweinelendchen wickelt. Diese *Lomos* werden mit Schinken- und Zwiebelwürfeln angebraten, dann mit Gemüsebrühe und passierten Tomaten abgelöscht, mit Rosinen und Mandelstiften verfeinert und kommen dann in den Ofen. Alsbald gesellen sich die *Patatas bravas*, die *wilden Kartoffeln*, ihrer Schale beraubt und längs geviertelt, dazu.

»Später mehr«, murmelt Angelique und verfügt sich ein wenig gehetzt ins angrenzende Esszimmer. »Das Dessert habe ich gestern schon vorbereitet und das marinierte Gemüse auch, das muss nämlich ziemlich lange durchziehen ... Meine beiden Mädels haben mir auch schön geholfen. Die sind natürlich ganz aufgeregt, dass ihre Mama ins Fernsehen kommt ... So, dann werde ich mich mal um die Tischdeko ...«

Dunkelrote Platzdeckchen, gelbe Servietten, weißes Geschirr; leichte Verwirrung beim korrekten Eindecken von Besteck und Gläsern; akzentuiert ein paar kleine Fächer und Kastagnettenpärchen auf den Tisch und gegenüber vom Kopfende des Tisches eine flache Glasschale, die mit hellem Sand, Muscheln und Seesternen gefüllt ist. Leichte Panik bei der Gastgeberin, die jetzt fahrig zum Handy greift: »Ich hab vergessen,

Blumen zu bestellen ... Ach, jetzt ist es ohnehin zu spät. Und der Tisch sieht doch auch so toll aus, oder? Richtig spanisch, oder? Egal, die Gäste kommen bald, ich werfe mich jetzt in Schale.«

Was auch immer Angelique darunter versteht ... sie hat eine etwas schönere Jeans angezogen und den weiten Pulli zur Feier des Tages mit einer weiten Bluse vertauscht. Ein wenig nervös wuselt sie von der Küche zum Esszimmer und wieder zurück: »Gott, bin ich aufgeregt ... Ich bin ja so gespannt auf die Gäste ...«

Da klingelt's auch schon, und die Gastgeberin öffnet die Tür. Herein kommt eine stattliche Frau mit kurzem rotblondem Schopf und Sommersprossen, rein optisch Mitte fünfzig, in einer weiten grünen Bluse mit exotischem Muster und einer geraden schwarzen Hose, und grüßt mit warmer, fröhlicher Stimme: »Hallo-o, ich bin die Ruth!«

»Angelique. Freut mich. Wir sagen du, ja?« Angelique fällt ein Stein vom Herzen, sie mag ihren ersten Gast sofort. Sie führt Ruth in den Flur und hat sofort wieder das Gefühl, sich rechtfertigen zu müssen: »Es ist hier noch etwas wuselig, wir sind vor kurzem umgezogen, und ich bin noch nicht dazu gekommen, das hier alles wegzuräumen. Das war alles 'n bisschen viel in letzter Zeit, mit meinem Job und mit meinen beiden kleinen Töchtern, und so 'n Umzug ist ja auch immer 'n Haufen Arbeit ...«

»Ich kenne das, ich habe auch eine Tochter«, Ruth nickt verständnisvoll, »die ist zwar schon achtundzwanzig, aber, na ja, Kinder bleiben immer Kinder. Als die umgezogen ist, herrschte bei uns auch das organisierte Chaos.«

Es klingelt erneut. Der zweite Gast bewirkt, dass sich Angelique mit einer sehr weiblichen Geste über ihre dunkle Mähne streicht: vielleicht etwas jünger als Ruth, dezent muskulös, mit scharf geschnittenen Gesichtszügen, graumeliertem kurzen Haar und gepflegtem Dreitagebart. Sein buntes Hemd und die helle Hose sehen nicht aus, als seien sie von der Stange, die Augen funkeln schalkhaft, und die markig hervorgetragene Begrüßung hätte man jedem anderen übel genommen, zu ihm passt sie: »Ja grüßt euch, Mädels, ich bin der Henner! Mann, das wird ja 'n Superabend mit zwei so schönen Frauen ... Aber ich bleibe wohl nicht der Hahn im Korb, was?«

Die *Mädels* stellen sich ebenfalls vor und sind von diesem *Hahn* sehr angetan. In der Tat bekommt Henner augenblicklich männlichen Beistand, denn wieder klingelt es. Herein kommt – ein Junge: groß, schlaksig, sicherlich noch unter dreißig, helles Hemd und die obligatorische Jeans; blass, mit feuerroten drahtigen Locken und Sommersprossen und einer fast schüchternen Stimme, deren Klang einen beinahe zärtlichen Ausdruck in Ruths warme Augen zaubert: »Hallo, ich bin Sven-René.«

Die nächste Vorstellungsrunde folgt, und Angelique ist selig, dies scheint eine sehr harmonische Truppe zu werden. Aber noch ist nicht aller Tage Abend, denn der letzte Gast, der kurz darauf die Wohnung betritt, sorgt bei den anderen für leichtes Befremden, als er sich mit dunkler Stimme ein wenig großspurig vorstellt: »Moin. Ich bin Jochen. Meine Freunde nennen mich Jockel.«

Auch Jockel ist groß, dabei aber sehr massig, mit hoher Stirn und streichholzkurzen schwarzen Haaren, der fusseligen Andeutung eines Bärtchens um die Lippen, einer strengen schwarzen Brille und diversen Ringen und Steckern in den Ohren. Er trägt ein rotes T-Shirt, das an ein Fußballtrikot erinnert, eine wadenlange schwarze Hose und klobige schwarze Turnschuhe. Selbst Angelique wirkt gegen ihn geradezu overdressed.

Nachdem sich jetzt alle miteinander bekannt gemacht haben, bittet Angelique ins Wohnzimmer: »So, ich freue mich sehr, dass ihr alle gekommen seid ...«

Ruth wendet sich fragend dem cremefarbenen Sofa zu, und die Gastgeberin besinnt sich wieder auf ihre Rolle: »Ja, bitte nehmt doch Platz. Ja, wie ihr wisst, mein heutiges Motto ist Cuína *Mallorquina*, mallorquinische Küche sozusagen, und ich möchte euch erst mal einen typisch spanischen Aperitif servieren.«

Es gibt *Sangría*, die Angelique ebenfalls gestern vorbereitet hat. Sie schöpft diese aus einem roten Bowlekrug, der wie die bauchigen Henkeltassen die Form einer Erdbeere hat, gibt noch ein paar Früchte in jede Tasse und serviert jedem Gast seinen Aperitif je mit einem kleinen Löffel und einem kleinen Untersetzer.

Kommentar von Sven-René: »Ich glaube, die Truppe ist okay. Ruth und Henner sind auf jeden Fall sehr nett. Jockel fällt 'n bisschen aus dem Rahmen. Und Angelique ... ganz lieb, aber 'n bisschen chaotisch, oder? Na, vielleicht ist sie nervös, würde mir auch so gehen, wenn ich der erste Gastgeber wäre. Die *Sangría* war jetzt nicht so das Pralle. Ich mag kein spanisches Essen. Ü-ber-haupt nicht! Das hat persönliche Gründe. Aber dafür kann Angelique natürlich nichts, und das konnte sie schließlich nicht wissen. Na, schaun wir mal.«

Kommentar von Jockel: »Also, diese Angelique würde ich nicht von der Bettkante schubsen. Ich glaube, die hat Pfeffer im Arsch! Die Wohnung ist geil, die Hütte schwitzt Kohle aus jeder Fuge. Als Architekt verdient man wahrscheinlich auch nicht schlecht. Ääh ... mallorquinische Küche? Keine Peilung. *Tapas variadas* ... Also, verschiedene ... weiß ich nicht. Und *Lomo con col* ... irgendwas mit Kohl, oder? *Flan* ist okay. Ich bin nun mal ein Süßer. Die Sangria war auch lecker.«

Kommentar von Ruth: »Na, wir sind ja 'ne bunte Mischung. Das wird bestimmt 'ne spannende Woche. Sven-René ist goldig, unser Küken, noch ein richtiger Junge. Und Angelique, Gott, die tat mir so leid, die war so aufgeregt. Die *Sangría* war mir viel zu süß. Sicher, typisch spanisch, passt natürlich zum Thema. Ich bin sowieso mal neugierig, mit spanischer Küche kenne ich mich so gar nicht aus ...«

Kommentar von Henner: »Ich sag, das wird lustig! Ruth ist klasse, die Mutter der Nation. Angelique geht mir 'n bisschen auf die Nerven. Klar ist man nervös, wenn man gleich als Erstes dran ist, aber die ist teilweise so durch 'n Wind, das steckt richtig an. Die *Sangría* war mir viel zu spritig. So was als Aperitif zu kredenzen, also das geht gar nicht! Das ist überhaupt 'n ziemlich deftiges Menü, was sie sich da vorgenommen hat. Ich bin mal gespannt, wie sie das hinkriegt ... Unter einem perfekten Dinner verstehe ich jedenfalls eigentlich was anderes.«

»So, ich darf euch schon mal ins Esszimmer bitten.« Die Gäste folgen Angelique und bewundern erst noch mal die idyllische Aussicht aus den großen Fenstern, bevor sie sich dem gedeckten Tisch zuwenden. »Setzt euch, wie ihr mögt, aber ich denke, ich werde mich am Kopfende platzieren ... Ich gehe nur kurz in die Küche und werde euch gleich eine typisch mallorquinische Vorspeise servieren.«

Pa amb oli: Angelique schneidet Brot, beträufelt die Scheiben mit Olivenöl und versieht sie mit Tomatenscheiben und Serranoschinken. Die Gemüsestreifen werden dekorativ darum arrangiert, etwas Marinade darübergeträufelt, und schon ist der erste Gang servierbereit. Angelique serviert Ruth aufmerksamerweise den ersten Teller, aber bevor sie die zweite Portion vor Henner absetzt, parkt sie diese mit alarmiertem Gesichtsausdruck auf der Anrichte und stürzt in die Küche zurück: »O Himmel, der Ofen ...«

Ach ja, sie hat vergessen, den Ofen anzustellen, in dem die gut verpackten Lendchen und die wilden Kartoffeln ihrer Bestimmung entgegenschauen. Aber deswegen hätte sie nicht extra so rennen brauchen, schließlich muss sie auch noch die Vorspeisen für die anderen Tischnachbarn holen. Das tut sie hiermit, serviert jedem sein Tellerchen, und jetzt ist alles perfekt, oder?

Henner wirft einen Blick auf seine noch jungfräulichen Trinkgefäße, einen weiteren auf das Weinregal, und schließlich bietet er höflich an: »Du, wenn du mir einen Korkenzieher gibst, ich kann dir auch eine Flasche Wein aufmachen.«

Doppel-P in Angeliques Augen, erneuter Rückzug in die Küche, um den weißen *Trapiche* aus dem Kühlschrank zu befreien; dazu eine Flasche stilles Wasser, von dem sich jeder gern ein Glas einschenken lässt, und Henners Angebot zum Korkenziehen wird dankend angenommen. Jetzt ist alles perfekt, und die Gäste machen sich über die Vorspeise her ... Konversation, bitte!

»Ruth, was macht deine Tochter denn?« Angelique stellt diese Frage nicht ohne Hintergedanken. Ruth antwortet: »Sie hat Chemie studiert und ist dabei, ihren Doktor zu machen.«

»Toll.« Angelique wirft sich in Positur. »Ich hoffe, meine beiden Mädchen werden es später auch mal zu etwas bringen. Man weiß das natürlich noch nicht ... Doreen, meine Große, die ist jetzt acht, aber die ist so furchtbar schüchtern, das kann sich auch mal nachteilig auswirken. Meine Kleine hat da kein Problem. Die Claudine ist sechs und gerade zur Schule gekommen, die hat ein Selbstbewusstsein, das ist un-glaub-lich! Ich finde das ja auch ganz wichtig, dass man seine Kinder in die richtige Schule steckt, aber das ist gar nicht so einfach, da das Richtige zu finden, weil Kinder sind ja auch sozusagen schon richtige kleine individuelle Persönlichkeiten, und die müssen eben sozusagen auch entsprechend gefördert werden, also, bei dem, was die mit dieser Bildungsreform vorhaben, da wird mir richtig schlecht, und ich finde es un-ge-heuerlich, dass die Grünen das mitmachen, ich meine, die können doch die Kinder nicht von klein auf schon wie einen Einheitsbrei behandeln und dabei jegliche individuelle Förderung auf der Strecke lassen, ich meine, da labern die immer von Chancengleichheit und so, und dabei berücksichtigen die überhaupt nicht, dass es durchaus soziale Unterschiede gibt und dass Kinder aus sozial benachteiligten Familien ja auch sozusagen eine entsprechende Förderung bekommen müssen, damit sie nicht auf der Strecke bleiben ... Äh, schmeckt es euch eigentlich?«

»Wunderbar«, versichert Ruth liebevoll. Sven-René hat seine *Pa amb oli* irgendwie vernichtet bekommen und schiebt die marinierten Gemüsestreifen mehr oder weniger lustlos auf dem Teller hin und her ... Aber er hat sich ja schon insofern geoutet, dass er spanisches Essen aus persönlichen Gründen verschmäht. Jockel ist da etwas hemdsärmeliger: Da er wohl zum Thema Kindererziehung nicht so viel beitragen kann, hat er seine Vorspeise bereits ratzekahl verputzt und dabei noch genügend Muße gehabt, Angelique unentwegt verliebt anzustarren. Auch Henner beendet soeben seine Mahlzeit. »Die Tapas waren super. Hast du das Brot selbst gebacken?«

»Nein, ach, ich habe da meinen spanischen Supermarkt, die haben so tolles Brot, das versuche ich gar nicht erst zu toppen«, was Henner unkommentiert hinnimmt, und nachdem jetzt alle den Tapas die gebührende Ehre erwiesen haben, sucht Angelique ihr Seelenheil wieder in der Küche, um das Hauptgericht vorzubereiten. Hierbei bleibt sie jedoch nicht lange ungestört.

»Ach du Schande!« Die wilden Kartoffeln haben jetzt eine leckere dunkle Kruste angenommen und somit viel von ihrer Wildheit eingebüßt, aber die *Lomos* sind ähnlich nachgedunkelt, und das macht auch bei mallorquinischen Kohlrouladen optisch nicht so viel her. Hastig zieht Angelique ihr Hauptgericht aus dem Ofen und versucht, die Farce über den Lomos durch Zugabe von Brühe, Tomatenmark, Petersilie und Pinienkernen zu retten ... Oh nein! Jockel schleicht sich unauffällig von hinten an sie heran, der hat ihr gerade noch gefehlt!

»Kann ich dir helfen?«, fragt er höflich, und Angelique lässt vor Schreck fast den Bräter auf die Arbeitsplatte fallen: »Das ist lieb von dir, Jockel, aber das mache ich lieber allein.«

Jockel versteht den Wink mit dem Zaunpfahl nicht: »Du ... Wollen wir mal zusammen was trinken gehen?«

»Ey, das kann ich nicht machen, hör mal, ich habe zwei Kinder ... Ich bin verheiratet ...« Jetzt fühlt sich Angelique wirklich attackiert, aber Jockel merkt auch jetzt die Einschläge noch nicht, er säuselt weiter: »Ich will dich ja nicht heiraten, ich will nur mal mit dir ausgehen.«

»Ich bespreche das dann mit meinem Mann. Lässt du mich jetzt allein?« Angelique hat ihre Schlagfertigkeit wiedergefunden und wedelt Jockel kurzerhand mit dem Topflappen aus der Küche; der trollt sich mit hängenden Ohren.

Henner und Sven-René lehnen entspannt an der Mauer auf der Terrasse und genießen den Sonnenuntergang und den Blick auf den Kanal und die Natur.

»Guck mal, Shetlandponys.« Henner deutet auf eine Wiese in der Nachbarschaft, und Sven-Renés Blick folgt seiner ausgestreckten Hand. »Für Kinder ist das hier ideal. Wo wohnst du?«

»Rothenbaumchaussee«, antwortet Henner, »Alster, zweite Reihe. Schade. Ich liebe das Wasser. Irgendwann kaufe ich mir noch mal eine Segelyacht und mache einen Törn.«

»Du, stell dir vor, hier gäbe es auch einen Bootsanleger, dann könnten Angelique und ihre Familie sich so ein kleines Ruderboot kaufen und damit übern Kanal schippern«, schwadroniert Sven-René, und Henner stimmt zu: »Würde den Gören bestimmt Spaß machen.«

Inzwischen hat der abgeblitzte Jockel Ruth aufgetrieben, die sich oben in den fröhlichen Kinderzimmern umsieht. Hingerissen blättert sie in einem Kinderbuch: »Guck mal, *Die Hasenschule* und *Mein großes Igelbuch*, kennst du das auch noch?«

»Mhm. Ich finde es schön, dass Angelique ihren Blagen richtig altmodische Bücher kauft. Wahrscheinlich liest sie ihnen abends sogar noch was vor. In den meisten Kinderzimmern findest du heutzutage nur noch Laptops und Tablets mit irgendwelchen elektronischen Spielchen, und die Gören kriegen alles in den Arsch gesteckt, das ist schon echt krank.«

»Allzu ärmlich sieht das hier aber nicht aus.« Ruth lässt den Blick mit Kennermiene über Puppen, Puppenhäuschen und -küchen, Stofftiere und Schaukelpferdchen schweifen. »Ich wette, Angelique verwöhnt ihre Kinder auch ganz schön ... Na ja, aber ich verstehe das. Wenn man selbst Kinder hat ...«

Wenig später treffen sich die Gäste wieder im Esszimmer, und Angelique serviert das Hauptgericht: *Lomo con col* mit *Patatas bravas* und *Aioli*. Diesmal denkt sie auch von selbst daran, eine Flasche roten *Trapiche* zu öffnen und einzuschenken. Die wilden Kartoffeln scheinen allen zu munden. Henner zieht sie andächtig durch die *Aioli* und bemerkt anerkennend: »Die *Aioli* hat's in sich, da steht der Löffel drin. Hast du die selbst gemacht?«

»Nein, weißt du, ich habe doch hier meinen spanischen Supermarkt, und der hat echt so tolle Sachen, das kann ich selber einfach nicht besser machen«, verteidigt Angelique heroisch ihren Status als perfekte Einkäuferin, und Ruth springt ihr in die Bresche: »Es gibt heutzutage auch so ein tolles Angebot an exotischen Zutaten, da muss man sich selber wirklich nicht in die Küche stellen.«

Irgendwo klingelt ein Handy. Sven-René kleckert vor Schreck etwas

Aioli auf sein Hemd. Alle greifen sich spontan an die Hosen- oder Brusttasche. Angelique gewinnt zumindest hier den ersten Preis, klappt ihr Handy ans Ohr und verlässt hastig das Zimmer: »Oh, Entschuldigung, da gehe ich wohl besser mal ran …«

Wenig später ist sie wieder da: »Ich habe es jetzt ausgestellt. Ich weiß, dass es nicht höflich ist, das Handy eingeschaltet zu lassen, aber da kann ja auch mal was mit meinen Mäusen sein, deswegen ist mir das schon ziemlich wichtig … Schmeckt es euch denn?«

Alle nicken eifrig, obwohl Jockel als Einziger seinen Teller mal wieder spiegelblank geleert hat. Angelique entspannt sich: »Schön! Ich finde auch, spanisches Essen ist herrlich, das erinnert mich immer so an Urlaub und Sonne, und ich bin froh, dass ich meinen Supermarkt hier um die Ecke habe, die haben da echt die erlesensten Zutaten und das beste Fleisch …«

Kommentar von Henner: »Wenn dieser tolle Supermarkt angeblich so tolles Fleisch hat, warum versaut sie es dann so? Die *Lomos* waren zäh wie Klabatschenleder, zu wenig scharf angebraten und zu lange im Ofen. Und das marinierte Gemüse war mir zu lasch. Also, wenn man sich schon so ein Menü vornimmt, dann müssen solche Sachen einfach stimmen.«

Kommentar von Ruth: »Die Vorspeise war okay … Das Gemüse war vielleicht nicht das, was man al dente nennt, aber ich mag Gemüse gerne etwas weicher. Das Hauptgericht war leider nicht ganz so perfekt, das Fleisch war trocken und der Kohl total ausgelaugt. Schade, die Sauce war interessant dazu, das hätte insgesamt so lecker sein können …«

Kommentar von Jockel: »Kohlrouladen einmal anders. Ich fand's gut. Die Vorspeise war nicht mein Ding, aber ich bin auch nicht so der Gemüsefreak, und das ist ja nicht Angeliques Schuld.«

Kommentar von Sven-René: »Also, das Brot hat schon geschmeckt, aber eigentlich war das keine Vorspeise, sondern ein besserer Snack. Na ja, ich sagte ja schon, ich mag keine spanische Küche, und das Menü von Angelique ist mir einfach zu deftig. Zu wenig fein.«

Nachdem die ersten beiden Gänge des Menüs solchermaßen verputzt und kommentiert worden sind, bittet Angelique ihre Gäste mit geheimnisvollem Gesicht noch mal ins Wohnzimmer: »Ja, ihr Lieben, da dies ein spanischer Abend ist« (spanisch oder mallorquinisch?), »habe ich noch eine Überraschung für euch: Ich erwarte gleich noch zwei Freunde von mir, Paco-Francisco und José, beides wasch-ech-te Mallorquiner aus Santanyi und Llucmajor, und die werden euch gleich mit spanischem Temperament und spanischer Musik ordentlich einheizen!«

Da klingelt's auch schon. Herein kommen ein großer dünner Blonder mit kurzen Locken und Bärtchen und ein kleiner gedrungener Dunkler mit struppiger Mähne. Ein wenig brummig schauen sie beide drein, und ihr gemurmeltes »Buenas tardes« klingt nach allem anderen als nach spanischem Temperament.

Paco-Francisco, der Blonde, spielt eine riesige Gitarre, und José, der Dunkle, eine kleine Mandoline, und das machen sie eigentlich richtig gut. Sie beginnen mit einem kanarischen Volkslied – also wieder nix mit mallorquinisch.

»Bendita mi tierra guanche, bendita desde a quel ano
En qué Dio pu so sus manos …«

Aber es ist ein hübsches Lied, Ruths und Henners Augen leuchten … die von Angelique sowieso. Danach fordern die Cantadores den Gästen eine ziemliche Geduldsprobe mit der spanischen Ballade »Hijo de la luna« von Mecano ab.

»Tondo en que el no entianda, quenta una leyenda
Di una hembra gitana, conjuró a la luna …«

Angelique erklärt hinterher lobheischend: »*Hijo de la luna* heißt *Kind des Mondes*. Damit war Mecano vor einigen Jahren sechs-und-zwan-zig Wo-chen auf Platz eins in den spanischen Charts! Das muss man sich mal vorstellen!«

Aha. Kennt kein Mensch. Aber bei der Schlussdarbietung werden alle wieder wach und klappern mit den Händen rhythmisch auf die Knie.

»Volare, ooo, cantare, ooo o,
nel' blu dipinto di blu, felice di stare lasú …«

Unter angemessenem Applaus schultern die beiden Troubardixe hernach wieder ihre Instrumente und suchen das Weite: »*Buenas noches …*«

Die Gäste verfügen sich wieder ins Esszimmer und die Gastgeberin in die Küche, um das Dessert anzurichten: Flan mit Kakaopulver bestäubt, mit Kirschen, die vorher im eigenen Sud (aus dem Glas?) erhitzt wurden. Angelique serviert jedem seinen Teller und bietet an: »Möchte noch jemand *Sangría*? Wein habe ich nicht mehr.«

»Ich könnte jetzt 'n Kaffee …«, meldet sich Sven-René zu Wort, aber Angelique klappt bedauernd die Augen nieder: »Äh, tut mir leid, aber Kaffee habe ich nicht im Haus. Wir trinken eigentlich nur Tee. Aber einen *Hierbas* kann ich euch anbieten als Absacker, das ist ein echter mallorquinischer Kräuterlikör.«

Wird gerne genommen, die *Sangría* hat ja bereits als Aperitif keinen so tollen Anklang gefunden. Das Dessert jedenfalls wird angemessen gewürdigt, aber ausgerechnet Jockel, der seinen *Flan* mal wieder fast vom Teller geleckt hat, scheint Probleme mit den Kirschen zu haben: »Angelique, hast du die vorher erhitzt? Ich vertrage nämlich kein rohes Obst, ich bekomme Ausschlag davon …«

»Gut zu wissen, das ist der Vorteil, wenn man beim perfekten Dinner nicht der erste Gastgeber ist«, kommentiert Ruth. Angelique, die auf detailliertere Ausführungen über Jockels Allergien verzichten kann, versichert nur hastig, ja, die Kirschen seien erhitzt worden, und wechselt das Thema: »Äh, schmeckt es euch denn sonst? Und die spanische Musik war doch echt super, oder?«

»Nur dass *Volare* nicht spanisch, sondern italienisch ist«, kann sich Henner nicht verkneifen zu bemerken. Angelique hat sofort wieder das Gefühl, sich rechtfertigen zu müssen: »Äh, das ist von den Gipsy Kings, die sind doch bekannt, die machen doch spanische Musik …«

»Sicher. Die machen spanische Zigeunermusik. Aber *Volare* ist nicht spanisch, sondern italienisch.« Henner amüsiert sich. Angelique merkt gar nicht, wie er sie verschaukelt. Aber Ruth, die Mutter der Nation, versteht es zum Abschluss mal wieder, die Wogen zu glätten: »Das ist doch egal. Die Musik war schön. Und dein *Flan* schmeckt wirklich gut.«

Und somit findet der erste Abend beim perfekten Dinner in Hamburg ein friedliches Ende. Wie würde Angelique sich denn selbst einschätzen?

»Also, ich fand es gut. Ich glaube, ich bekomme gar nicht so wenig Punkte. Ist ja auch fast alles aufgegessen worden. Na ja, mal sehen. Jedenfalls sind alle echt nett und locker. Ruth muss man einfach liebhaben, und Henner ist ein toller Typ. Nur Jockel geht mir irgendwie auf den Wecker, auf dieses Gebagger stehe ich gar nicht.«

Und wie sieht es nun mit der wirklichen Punktevergabe aus?

Ruth: »Also, zu einem perfekten Dinner fehlte einiges. Die Vorspeise war gut, aber diese Rouladen sind völlig missglückt, und das Dessert war mir einfach zu süß. Na ja, ich esse nun mal gerne herzhaft, das ist also nicht mal Angeliques Schuld. Aber dass sie uns zum Dessert noch mal *Sangría* anbieten wollte, fand ich total daneben. Ich gebe der Angelique sieben Punkte.«

Sven-René: »Sie hat sich wirklich Mühe gegeben, aber Mühe allein genügt eben nicht. Also, das Brot war okay, die Kartoffeln waren gut, der Rest ging gar nicht. Die Getränkeauswahl war äußerst dürftig. Und die Musik von dieser Zigeunerbande hätte besser in eine zweitklassige Kneipe gepasst. Na ja, ich habe da halt auch so meine Vorurteile, aber das ist 'ne Geschichte für sich, sagte ich ja schon. Das war in meinen Augen mallorquinische Hausmannskost, aber kein Dinner, das passte gar nicht. Fünf Punkte für Angelique.«

Jockel: »Also, mir hat alles geschmeckt, bis auf das Gemüse, und das war ja nicht Angeliques Schuld. Die Wohnung und die Deko waren okay, und das mit der Musik war auch 'ne Superidee. Ich fand den Abend schon ziemlich rund. Angelique kriegt von mir sieben Punkte.« (Nur sieben? Jockel, wie viele Punkte vergibst du denn, wenn der Abend nicht so rund war?) »Ich find das nur so schade, dass die Maus so schwer verheiratet ist, das muss man doch nicht so eng sehen. Aber vielleicht kriege ich sie ja noch rum.«

Henner: »Tut mir leid, das war ja nicht direkt schlecht, aber das hätte Angelique besser hinkriegen können. Wenn sie das Brot und die *Aioli* selbst gemacht hätte, zum Beispiel ... Das war alles zu wenig arbeitsintensiv, und wo sie richtig hätte ranmüssen, so wie bei den *Lomos*, das wäre ein interessantes Gericht gewesen, wenn das denn gelungen gewesen wäre, aber das war mir viel zu fade. Und warum muss sie sich denn dauernd rechtfertigen? Davon wird es doch auch nicht besser. Das mit dem italienischen Lied konnte ich mir einfach nicht verkneifen, da geht sie ja immer gleich an die Decke. Eine perfekte Gastgeberin war sie auch nicht, wenn ich an das Handy denke und an die *Sangría* ... Okay, ich gebe ihr einen Bonus, weil sie die A-Karte gezogen hatte und als Erste von uns dran war. Aber mehr als sechs Punkte sind da nicht drin.«

Sieben plus fünf plus sieben plus sechs macht 25 Punkte, immerhin mehr als die Hälfte. Wir sind gespannt auf die Gestaltung des morgigen Abends.

Und wie beendet Angelique diesen aufregenden Tag? Sie greift zum Handy und ruft ihren Mann an: »Nee, war super. Du, hier sieht es aus wie bei den Hottentotten. Wann kommst du nach Hause? Kundengespräch? Jetzt noch?? Lars, weißt du, wie spät es ist?! Nee, okay. Sehe ich ein, ist wichtig. Bis später dann. Vielleicht bin ich noch auf, wenn du kommst. Tschüss-tschüss.«

Und wendet sich verzweifelt von der Küche zum Esszimmer ins Wohnzimmer und wieder zurück: »Das sieht aus hier ... Dann muss ich wohl selbst dabei ...«

Wendet sich noch mal verzweifelt von der Küche zum Esszimmer ins Wohnzimmer und wieder zurück: »Aber das mache ich dann morgen.«

Und wendet sich endgültig in Richtung Schlaf- und Badezimmer.

Samstag:
In der Gerichtsmedizin

»Interessanten Fall habt ihr mir da auf 'n Tisch gelegt.« Ypsilons hellblaue Augen funkeln, als beschriebe er ein antikes Buch oder einen kostbaren Wein; in Wirklichkeit meint er den Toten, der vor wenigen Stunden am Bahnhof Ohlsdorf entdeckt worden ist. Kommissar Friedhelm Bolle stupst den Gerichtsmediziner kumpelhaft gegen den Arm: »Und du hast eine ausgeschlafene Assistentin, Ypsilon.«

»Ausgeschlafen ist gut. Wer sich im Fernsehen solche Seifenopern ansieht…«, schnauft Lutger Dabelstein verächtlich. Maike Sievert, seine kühle blonde Assistentin, die am Tisch einige blitzende Instrumente sortiert, versetzt nüchtern: »Ich find die Sendung gut, Chef. Ich hab mal überlegt, ob ich mich da auch mal bewerbe. Nach der Geschichte hier bin ich mir allerdings nicht mehr so sicher, ob ich das machen soll.«

»Was kriegt 'n der Sieger so?«, murmelt Ypsilon eher rhetorisch als interessiert, und Maike erwidert: »Tausendfünfhundert Euro.«

»Da ist schon so manch alte Dame für weniger hingemordet worden«, sinniert Friedhelm trocken, aber Maike macht seine Überlegungen mit einem Handstreich zunichte: »Vergiss es, Bolle, der hat den letzten Platz gemacht.«

»Sie meinen, der Mann war so grottenschlecht, dass man ihn deswegen ermordet hat?«, versetzt Max prosaisch.

Ypsilon wird wieder sachlich: »So, meine Herren, euren Toten habe ich so weit ausgeschlachtet – falls ihr mir das Wortspiel verzeihen möchtet. Mir fehlen noch einige Testergebnisse, dann kann ich euch was Konkretes sagen. Und ihr, habt ihr noch was für mich, was ich mir näher ansehen soll? Ich nehme an, ihr wart erst mal bei dem gestrigen Gastgeber?«

»Waren wir, aber wir kamen zu spät«, erklärt Friedhelm bedauernd. »Der gestrige Gastgeber war eine ordentliche Hausfrau namens Ruth Vidakovic…«

»Kroatin?«, fragt Ypsilon der Form halber. Friedhelm schüttelt den Kopf: »Nee, Deutsche, mit einem Serben verheiratet. Sie ist mit den Hühnern aus den Federn, um ihre Bude wieder klar Schiff zu machen; als wir da ankamen, schrubbte sie gerade die letzten Pütt und Pann, und die zweite Spülmaschine lief. Keine verwertbaren Spuren mehr.«

»Hat denn niemand den Toten vermisst?«, erkundigt sich der Gerichtsmediziner, und Max erwidert: »Nee. Der hat zwar noch bei Muttern gewohnt, aber die war gestern Abend selber unterwegs und ist erst spät nach Hause gekommen. Und er war natürlich nicht mehr in einem Alter, dass sie noch nachts zu ihm ins Zimmer geguckt hätte, ob er im Bett liegt. Bei seiner Arbeitsstelle waren wir gleich heute Morgen, als der Laden aufgemacht hat.«

Den geplanten Besuch bei Runner's Point, wo der Tote gearbeitet hat, haben die beiden Kommissare gleich um zehn Uhr absolviert. Die jungen Mitarbeiter und Aushilfen des Toten haben aufrichtig erschüttert auf die Nachricht vom Ableben ihres Filialleiters reagiert, der bei ihnen sehr beliebt gewesen ist. Einer der Angestellten war sogar mit dem Toten befreundet und war bei dessen Dinnerveranstaltung als Unterhalter zugegen: ein hübscher junger Grieche namens Kafidakis Panagiotis, der jetzt zwar fast in Tränen ausgebrochen ist, aber auch nichts Zweckdienliches dazu sagen kann, warum sein Freund und Vorgesetzter ermordet worden ist.

»Wir können dir höchstens die Speisenfolge von gestern Abend erzählen«, bietet Max hilfsbereit an und zückt seine schwarzgebundene Kladde. Lutger winkt mitleidig ab: »Max, willst du jetzt meinen Job machen oder was? Den Mageninhalt des Toten habe ich selbstverständlich schon analysiert, und wenn der da nicht so tot wäre, würde ich sagen: Schade, dass ich nicht dabei war. Er ist vergiftet worden, wie ihr euch sicherlich schon gedacht habt. In dem Zusammenhang eine Frage: Könnt ihr mir einen Hinweis auf die winzigen Spuren Bittermandel geben, die ich bei ihm gefunden habe?«

Max und Friedhelm schnappen erstaunt nach Luft, aber Maike kramt lässig in ihren Erinnerungen: »Bittermandelöl, ja. Ein paar Tropfen im Obstsalat. Soll sehr erfrischend geschmeckt haben.«

»Zyankali?«, meint Friedhelm zweifelnd. Ypsilon schüttelt den Kopf: »Nee, ich hatte mich bloß gewundert. Nein, kein Zyankali. Nach einigen Tests weiß ich das genau, aber zu neunundneunzig Prozent würde ich sagen, euer Kunde ist an einer Taxinvergiftung gestorben.«

»Taxin?! Eibenfrüchte?«, kapiert Friedhelm. Ypsilon belehrt seine Klientel: »Nicht die Früchte, die Nadeln sind giftig. Von Eibenhecken. Die wachsen im Stadtpark, das Zeug kann sich da jeder beschaffen. Entweder man verabreicht die Nadeln selber – ich habe auch Spuren von Rosmarin bei dem Toten gefunden, da würde Taxin gut drin untergehen – oder man kocht aus den Nadeln einen Absud und mischt ihn ... hm, in ein kräftiges Getränk, Wein oder Schnaps, zum Beispiel.«

»Einer der Gäste studiert Chemie.« Max zieht sein schwarzes Buch zu Rate, und Friedhelm stimmt seinem Kollegen zu: »Die Tochter der Gastgeberin von gestern auch.«

»Ach Gott ...«, Lutger ringt vage die Hände, »dafür braucht man kein Chemiestudium: Über die Anwendung und Wirkung von Taxin kann sich heutzutage jeder Dussel im Internet informieren. Da googeln gelangweilte junge Leute hin und her, wie und wie schnell das Zeug wirkt und welche Mengen man braucht ... Es soll sogar eine Anleitung geben, wie man mit Eibensud am effektivsten Selbstmord begehen kann, pervers ist das!«

»Da gibt's doch diesen Krimi von Agatha Christie, *Das Geheimnis der Amselgrube* oder so ähnlich.« Maikes Augen blitzen in echter Krimileidenschaft. »Da stirbt einer in seinem Londoner Büro, und jeder denkt, die Sekretärin hätte ihm vergifteten Kaffee verabreicht. Dabei hat er den zwei Stunden vorher beim Frühstück zu Hause serviert bekommen.«

»Schatzilein, wir sind Wissenschaftler und beziehen unsere Weisheiten nicht aus Taschenkrimis«, wird sie von ihrem Vorgesetzten belehrt. Etwas wissenschaftlicher fährt Lutger fort: »Aber was das Zeitfenster betrifft, muss ich Maike recht geben: Zyankali hätte sofort gewirkt, Taxin wirkt erst nach einigen Stunden, und deswegen glaube ich auch, dass unser Freund dort auf dem Tisch tatsächlich beim gestrigen Dinner vergiftet wurde. Ich stelle mir folgenden Ablauf vor: Jemand verabreicht ihm das Gift, es erfolgt die Preisverleihung. Irgendwann trennt man sich, und die Gäste begeben sich auf den Heimweg. Kriegt mal raus, ob unser Toter gestern bei der Verabschiedung etwas angeschlagen wirkte.«

Max zupft schwungvoll die Kappe von seinem Füllfederhalter, und Ypsilon fährt fort: »Na ja, er steigt in die Bahn, merkt kurz vor Ohlsdorf, dass ihm schlecht wird, steigt am Bahnhof aus und erbricht sich in den Papierkorb. Aber ihm geht's immer dreckiger, ihm wird schwindelig, er kriegt Atemnot, er verkrampft sich; und wie ein Kind unter eine Schmusedecke verkriecht er sich dann unter dieser Plane und hofft, dass der Anfall vorbeigeht. Aber der geht nicht vorbei, Exitus. Das ist so der typische Ablauf bei Eibengift. Und jemand wollte ihn ermorden, aber er wollte seinen Tod nicht mitansehen. Er wollte aber auch nicht, dass irgendwer dem Opfer rechtzeitig zur Hilfe kommen würde, was durchaus möglich gewesen wäre.«

Die beiden Kommissare schaudert's ein wenig vor solch geplanter Kaltblütigkeit. Auch Maike zieht die mageren Schultern sichtlich zusammen. Max wagt eine weitere Theorie: »Kann er nicht auch auf dem Heimweg jemanden getroffen oder nach dem Dinner mit jemand anders verabredet gewesen sein? Sie haben in einer Kneipe etwas zusammen getrunken, und derjenige hat ihm das Gift verabreicht?«

»Eher unwahrscheinlich, das macht mein Zeitfenster etwas knapp«, resümiert der Gerichtsmediziner nüchtern.

Max spinnt den Faden weiter: »Und wenn es nun doch Zyankali ...?«

»War es nicht, Zyankali wirkt innerhalb von wenigen Minuten; der hätte gar nicht mehr so weit kriechen können.« Ypsilon bleibt unbeirrt bei seiner These. »Außerdem, schleppst du zu einer spontanen Verabredung fertig vorbereitetes Gift, egal welcher Art, mit dir rum? Nee, nee, ich sag euch was, Kollegen: Ihr solltet euch auf den gestrigen Dinnerabend konzentrieren. Was machte denn die Gastgeberin so für einen Eindruck, außer dass sie sehr reinlich war?«

»Sehr nette Frau«, berichtet Friedhelm mit warmem bedächtigem Tonfall. »Sie war aufrichtig erschüttert, sehr hilfsbereit und hat uns sofort praktisch durch die ganze Wohnung geführt. Aber sie war natürlich auch ziemlich durcheinander, weil sie meinte, wir verdächtigen sie, ihren Gast ermordet zu haben.«

»Selbstverständlich verdächtigen wir sie, immerhin hatte sie als Gastgeberin die beste Gelegenheit«, bringt Max seinen Vorgesetzten wieder auf den Boden der Tatsachen zurück, und Maike steht ihm bei: »Es ist so, beim perfekten Dinner wird jedem Gast sein Gericht fertig auf dem Teller serviert, da kommen keine Schüsseln auf den Tisch, aus denen sich jeder selbst bedient. Der Gastgeber kann die Teller also schon in Ruhe in der Küche anrichten und sie sich in gewünschter Reihenfolge hinstellen. Er kann sogar einen bestimmten Teller anders ausrichten, falls irgendein Gast Sonderwünsche hat. Und das war gestern Abend mal wieder der Fall, weil unser Opfer kein rohes Obst vertrug und seinen Obstsalat aus, allerdings recht edlen, Dosenfrüchten verabreicht bekam.«

»Wenn das alle Gäste wussten und die Gastgeberin unserem Opfer vorab verkündet hat, sie würde für ihn eine Extrawurst braten«, spinnt Max den Faden weiter, »und wenn einer der Gäste vor dem Dessert noch Gelegenheit hatte, allein in die Küche zu marschieren ... dann ist alles wieder offen. Dann kann es jeder der Gäste gewesen sein.«

»Das Motiv, Herr Kollege, es bleibt die Frage nach dem Motiv«, warnt Friedhelm seinen potentiellen Nachfolger vor voreiligen Schlüssen, und Max reckt in einer für ihn typischen Geste wieder seinen Hals aufwärts: »Gut ... dann erklären Sie mir mal, wie man überhaupt ein Motiv haben kann, jemanden zu ermorden, den man seit nicht mal fünf Tagen nur flüchtig kannte. Das Ganze ist doch zu bizarr.«

»Ja, aber ist das nicht jeder Mord?«, lenkt Friedhelm nachdenklich ein, und Max erwidert: »Schon ... in diesem Fall finde ich es aber besonders bizarr, und darum würde ich mich jetzt erst mal auf die Gelegenheit konzentrieren und dann erst auf das Motiv.«

»Herr Max hat recht«, lässt sich Maike als theoretische Dinnerexpertin von rechts außen vernehmen und wird von dem so Angesprochenen prompt kühl zurechtgewiesen: »Herr Thomas.«

Seinen Vor- und Nachnamen zu verwechseln, ist jedem auf dem Präsidium schon mal passiert, aber Maike vertut sich hier dauernd, und sie macht nicht mal halbherzig den Versuch, sich zu verbessern oder sich bei dem Kommissaranwärter zu entschuldigen; sie fährt in ihrem Gedächtnis kramend fort: »Wenn ihr schon nach einer Gelegenheit sucht – es ist richtig, dass die Gastgeberin da als Erstes in Frage kommt, aber ich würde trotzdem alle Anwesenden berücksichtigen«, und nach einer Kunstpause: »Ich meine *alle* Anwesenden.«

»Waren da denn noch mehr Anwesende?«, fragt Friedhelm irritiert, und Maike nickt heftig: »O ja! Es gab noch einen musikalischen Beitrag von einer serbischen Familie, Freunden von der Gastgeberin, die während des Hauptgerichts eintrafen und zur Begrüßung kurz ins Esszimmer kamen; danach wurden die erst mal ins Wohnzimmer verfrachtet. Aber sie können theoretisch auch in die Küche gegangen sein und sich am Dessert zu schaffen gemacht haben. Und wenn sie mitgekriegt haben, für wen dieser etwas andere Obstsalat zubereitet wurde ...«

»Frau Kollegin, das ist aber sehr weit hergeholt; wenn sich schon bei den Gästen kein Motiv denken lässt, warum soll denn eine unbescholtene serbische Familie jemanden um die Ecke gebracht haben, den sie nur einmal kurz gesehen hat?«, lenkt Friedhelm konsterniert ein. Aber Maike spinnt den Faden weiter: »Vielleicht kannten sie ihn von früher und haben ihn wiedererkannt?«

Sie denkt intensiv nach: »Da war irgendwas ... nicht an *dem* Abend, das war ziemlich genau mitten in der Woche ... Ich hab's nicht genau mitgekriegt, ich war zwischendurch kurz in der Küche ... irgendwas mit einem Autounfall. Fragt da mal nach.«

»Werden wir, Frau Maike«, versucht Max sie zu ärgern. »Heute Nachmittag haben wir die Truppe bei uns zu Gast. Und dann werden wir uns jeden Einzelnen gründlich vorknöpfen. Vielleicht kann es auch nicht schaden, sich die Aufzeichnungen von den Dinnerveranstaltungen, speziell der von gestern, von VOX liefern zu lassen.«

»Es sei denn, Frau Kollegin von der Gerichtsmedizin kann uns noch weitere erhellende Details zur Ermittlung in diesem Fall liefern«, versucht Friedhelm trocken, sie zu ermuntern, »dann brauchen wir die Videobänder von VOX vielleicht gar nicht.«

Dienstag: Sven-René
Menü der drei Köstlichkeiten

Das Menü:

*

Suan la tang

*

Hühnerflügel mit Grüngemüse

*

Bananen-Halbmonde

»Das sind meine Bodyguards«, witzelt Sven-René, als er das Team von VOX in seiner Studentenbude begrüßt. Die Wohnung befindet sich in einem Altbau in Eimsbüttel, doch sobald man sie betritt, vergisst man, in welch fragwürdiger Gegend das Haus liegt: Bad und Küche sind eher klein und düster, doch die restlichen Räume sind großzügig, mit hohen Decken, Stuckleisten und großen Sprossenfenstern, in hellen Farben gehalten, fröhlich mit Ikea-Möbeln bestückt und von wohnlicher Unordnung geprägt. Irgendjemand hat bei der Gestaltung viel Liebe hineingebracht.

Die *Bodyguards* sind Sven-Renés Mitbewohner, sie teilen sich die Bude aus Kostengründen: Denez aus Ungarn macht ein Praktikum als Fernsehtechniker, ist genauso groß und schlaksig wie der Gastgeber des heutigen Abends, aber mit raspelkurzem schwarzen Haar, asketischem Gesicht und Hakennase, und Fouad aus Persien ist klein und etwas gedrungen, mit Brille, kurzem dunklem Schopf und unbezähmbarem Dreitagebart; er studiert Architektur. Aus Kostengründen haben sie auch alle kein Auto, sondern jeder ein Fahrrad, und damit fahren sie jetzt zu dritt in den »chinesischen Supermarkt meines Vertrauens«, wie Sven-René grinsend erklärt.

Derweil sitzen Ruth und Angelique in einem Café und nippen an einer Latte macchiato bzw. einem Yogi-Tee und studieren interessiert die heutige Menüfolge.

»*Menü der drei Köstlichkeiten*. Na, unser Küken lehnt sich aber ganz schön aus dem Fenster«, findet Ruth, und Angelique sinniert: »Das erinnert mich an so eine obligatorische Beschreibung auf chinesischen Speisekarten. Also wenn Sven-René heute chinesisch kocht, das wäre super. Ich mag chinesisch.«

»Ich auch, vorausgesetzt es ist schön scharf«, erwidert Ruth. »Aber ich habe so gar keine Vorstellung. *Suan la tang*, kannst du damit was anfangen?«

Angelique denkt angestrengt nach: »Irgendwas mit Seetang? Oder eine Suppe? Hoffentlich. Und ich gebe dir recht, ich mag es auch schön scharf.«

»Hühnerflügel mag ich, wenn sie schön kross sind. Aber ich weiß nicht … ein chinesisches Menü als perfektes Dinner … Ich hab Schwierigkeiten, mir das vorzustellen.« Ruth wendet die Menükarte ratlos in den Händen, und Angelique stupst sie kameradschaftlich an: »Du, ich auch. Mediterrane Küche ist irgendwie bodenständiger, nicht? Ach, meine beiden Mäuse waren ja so stolz auf ihre Mutter! Mir ist das auch egal, ob ich gewinne. Meine beiden Kleinen haben ganz begeistert vor der Glotze gehockt. Heute ist ihr Papa mal zu Hause und passt auf die beiden Mädels auf, dann kann ich auch mal den Abend genießen …«

Sven-René, Denez und Fouad genießen mittlerweile das Ambiente eines chinesischen Supermarktes: Der Stadtteil Eimsbüttel ist nicht nur ein kosmopolitischer, sondern auch ein kulinarischer Schmelztiegel, und Sven-René packt wie in einem Goldrausch den Einkaufswagen voll mit Mu-Err-Pilzen, Bambussprossen, Glasnudeln, Basmatireis, Bananen, Brokkoli und anderem Gemüse und scheucht den kleinen dicken chinesischen Verkäufer ganz schön herum: »He Chink, ich hatte anderthalb Kilo Hühnerflügel bestellt …«

»Hühnelflügel! Ha!« Der Verkäufer verschwindet bis zum Hinterteil in einer Kühltruhe und fischt das Gewünschte heraus. Wenig später sind erkleckliche Mengen chinesischer Lebensmittel in Tüten und auf drei Fahrradgepäckträger verstaut. Die Räder der drei Musketiere sind jetzt so schwer bepackt, dass sie geschoben werden müssen. Auf dem Heimweg erzählt Sven-René von seiner Leidenschaft für die chinesische Küche: »Hm, ich koche gerne. Meine Mutter ist eine gute Köchin, der habe ich schon als Kind gerne in den Pott geguckt; mein Vater hatte so eine feine Restaurantkette hier, und die Küche war für ihn immer das Herz eines Restaurants, da hat er sich richtig reingehängt … Also, er hatte nie viel Zeit, aber wenn er mal Zeit hatte, sind wir oft essen gegangen, weil er immer à jour sein wollte, was bei der Konkurrenz los war. Das war für mich immer ein Heidenspaß.«

Kurze Zeit später geht in der Ikea-rot eingerichteten Küche auf dem rohen Holztisch ein emsiges Treiben los: Denez und Fouad schnippeln

Brokkoli, Frühlingszwiebeln, Zuckerschoten, Mohrrüben, Paprika, Chilischoten, eben alles, was der Gemüsegarten so hergibt. Sven-René stellt aus Sherry, Sojasauce, Stärkemehl, Sesamöl und Ingwer eine Marinade für seine Hühnerflügel her und fertigt gleich noch eine weitere Marinade für das Gemüse an.

»Als ich acht war«, erklärt er, während er Sojasauce mit Hühnerbrühe und Fünfgewürz verquirlt, »war ich mit meiner Familie zum ersten Mal chinesisch essen. Ich war von allem fasziniert, von der Musik in dem Restaurant, den Bildern an den Wänden, diesen Ming-Vasen und den fetten Buddhas aus Porzellan ... und den Stäbchen. Wollte ich natürlich auch gleich ausprobieren. Ich glaube, ich habe die Dinger zweiundzwanzig Mal unter den Tisch fallen lassen, bis ich kapiert hatte, wie das geht, aber dann fand ich's nur noch geil. Also, nicht das mit den Stäbchen, aber chinesisches Essen ist seitdem echt so 'n atavistischer Kindheitstraum von mir.«

Henner und Jockel vertreiben sich die bis zum Dinner verbleibende Zeit in einer Gaststätte am anderen Ende von Eimsbüttel; Henner trinkt einen Kaffee und ein Mineralwasser, und Jockel hat ein Bier vor sich stehen und die Stirn in sichtliche Dackelfalten gekräuselt. »Hühnerflügel mit Grüngemüse ... viermal ü ... Sag mal, bist du sicher, dass das chinesisch ist und nicht türkisch?!«

»Passt schon«, versetzt der Lebemann Henner. »Ich glaube, eine *Suan la tang* ist so eine süßsauer scharfe Gemüsesuppe, bestimmt lecker ... wenn sie denn gut gemacht ist. Ich esse gerne so exotisch, aber ausgerechnet ein chinesisches perfektes Dinner ausrichten zu wollen, das geht doch eigentlich gar nicht, oder? Das ist echt gewagt!«

»Völlig daneben«, stimmt Jockel Anerkennung heischend zu. »Bisschen abgehoben, unser junger Gastgeber. Na ja, wer weiß, was der für 'nen Background hat? Bei mir zu Hause ging das jedenfalls etwas bodenständiger zu ...«

In Sven-Renés Studentenbude geht es derweil keineswegs bodenständig, sondern eher ziemlich hektisch zu: Die Präliminarien in der Küche sind getroffen, jetzt schaffen Denez und Fouad in Fouads Zimmer dessen PC, die Reißschiene und andere Arbeitsutensilien und -unterlagen von dem riesigen weißen Kunststoffzeichentisch auf die Kommode und wuchten den Tisch ins Wohnzimmer. Sven-René hat vorher die zahlreichen Sesselchen und Korbstühle in die hinterste Ecke verfrachtet, um Platz zu schaffen, und wirft jetzt einen panischen Blick auf die Uhr: »O Shit, die Tischdeko ...«

Da klingelt's auch prompt, und unser baumlanger Student muss sich richtig tief bücken, um seinen Gast auf die Wange zu küssen. »Süa Tü, dich schickt der Himmel!«

»Hallo Sven-Lené!« Die so Angesprochene muss sich für die Begrüßung entsprechend strecken: eine Chinesin, höchstens eins fünfzig groß und zierlich, mit lackschwarzem langen Schweif, milchweißer Haut und Mandelaugen, in saloppem T-Shirt und Jeans. Denez lässt in Fouads Zimmer sofort alles fallen und stürzt in die Diele, um seine Freundin wie eine Puppe hochzuheben; er streicht ihr verliebt durchs Haar und reibt seine Nase an ihrer Wange: »Süa Tü, mein Hasilein, mein Federchen ...«

»Action bitte! Knutschen könnt ihr später.« Wieder guckt der Gastgeber alarmiert zur Uhr, und Süa Tü löst sich mit einem Hechtsprung aus Denez' Umarmung und gibt Gas: schwarzes Krepppapier, mit bunten Blüten bedruckt, wird maßgerecht abgeschnitten, über den einfachen Tisch gebreitet und mit Tischhaltern in Form von kleinen bunten Drachen aus Kunststoff festgeklemmt; Platzdeckchen aus Bambus werden ausgebreitet, gegenüber vom Kopfende eine zierliche Tillandsie auf dem Tisch platziert; Stäbchen, Porzellanlöffel, kleine goldene Buddhastatuen und zierliche bunte Saki-Krüge, die wie kleine Ming-Vasen aussehen, gesellen sich dazu. Denez steht auf der Leiter und befestigt kleine bunte Papierlaternen an einer Leine, die unter die Zimmerdecke gespannt ist, und Süa Tü fischt aus ihrer Tasche wie Mary Poppins: Auch in der mittlerweile ziemlich chaotisch anmutenden Küche verteilt sie Porzellanschüsselchen und -löffel, ein Saki-Set, ein Teeservice und ein farbenfrohes Tablett. Diverse Klappstühle von Ikea werden noch auseinandergefaltet, um den Tisch herumgruppiert und mit bunt bedruckten Kissen versehen ... Ist an dieser Mär vielleicht doch etwas dran, dass man eine Fünfzigquadratmeterwohnung mit Ikea-Möbeln im Handumdrehen in eine Hundertquadratmeterwohnung verwandeln kann?

»Vielen Dank, Süa Tü, dich würde ich vom Fleck weg heiraten! Bis später, Männers, und drückt mir die Daumen!« Dankbar verabschiedet Sven-René seine Truppe an der Dielentür und verfügt sich ins Badezimmer: »So, denn mache ich mich mal landfein ...«

Ruth und Angelique klingeln als Erstes, Ruth in einer hellen Dreiviertelhose und einer weiten schwarzen Bluse mit buntem Muster: »Hallo-o, Sven-René! Danke schön für die Einladung!«

»Boah ey! Das ist ja 'ne Granate!«, kommentiert Angelique ehrfürchtig die Tischdeko in der Essecke. Auch sie trägt eine helle Hose, dazu ein khakifarbenes Hemd, aus dem sie ihren Mann herausgejagt zu haben scheint. Sven-René trägt Jeans und ein dschungelähnlich gemustertes Hemd ... Allzu chinesisch sieht er mit seinen roten Locken aber trotzdem nicht aus.

Dann klingeln Henner und Jockel: Henner in heller Hose und khakifarbenem Hemd (so wie es sitzt, scheint dies sein eigenes zu sein), Jockel in derselben Hose wie gestern, diesmal mit einem grünen T-Shirt, das an ein Fußballtrikot gemahnt. Im Wohnzimmer angekommen, pfeift Henner anerkennend: »Ja prächtig! Für 'ne Studentenbude hast du das hier echt feudal. Hatte da ein liebend Weib seine Hand im Spiel?«

»Willkommen im Reich der Mitte!« Selbst Jockel ist beeindruckt, und Sven-René etabliert seine Gäste erst mal im hinteren Teil des Wohnzimmers auf diverse Sesselchen und Korbstühle; dazwischen hat er auf einem zierlichen Tischchen fünf zierliche Gläser, eine Schale Kroepok und eine Karaffe deponiert; mit ein wenig flatterigen Händen ergreift er nun nicht nur Letztere, sondern auch das Wort zur Begrüßung: »Schön, dass ihr alle da seid ... Ja, wie ihr vielleicht schon geahnt und inzwischen erkannt habt, möchte ich euch ein chinesisches Dinner bereiten ... Und falls nicht jemand lieber Tee möchte (möchte keiner), würde ich euch gerne als Aperitif ein Glas Pflaumenwein anbieten. Und die Reischips sind auch nicht nur zum Angucken da, also ...«

Seine Hände zittern ganz schön, als er den Pflaumenwein einschenkt und jedem sein Glas serviert; als er Angelique den Aperitif reicht, verschüttet er sogar ein paar Spritzer auf ihre Hand: »Oh, Angelique, entschuldige, ich hole sofort ein Tuch ...«

Macht er auch prompt, und Angelique, die sich noch sehr gut daran erinnern kann, wie aufgeregt sie selbst gestern Abend war, verzeiht ihm diesen Fauxpas großmütig. Sven-René verkündet: »Trinkt in Ruhe aus, dann könnt ihr euch da vorn einen Platz suchen; ich gehe mal in die Küche und mache die Vorspeise ...«

Kommentar von Angelique: »Also die Deko hat mich umgehauen! Die Bude ist überhaupt schön, erinnert mich so an meine eigene Studentenzeit. Pflaumenwein als Aperitif ... hm, auf so eine Idee würde ich überhaupt nicht kommen. Aber zu Chinesisch passt es natürlich.«

Kommentar von Ruth, Rührung in der Stimme: »Und er tat mir so leid. Er war so aufgeregt, dass er dauernd mit irgendwas gekleckert hat ... Aber es war nicht so ansteckend wie gestern bei Angelique. Mit der Deko hat er sich richtig super Mühe gegeben … Oder hatte er Hilfe dazu?«

Das mit der Vorspeise geht fix, dank der akribischen Vorarbeit seiner Mitbewohner: Brühe aufgekocht, Hühnerfleisch, das zierlich geraspelte Gemüse und Glasnudeln in den Topf, aufwallen lassen, mit Ketchup, Essig und Sojasauce verfeinern; nachwürzen, mit Speisestärke binden, in die von Süa Tü geliehenen Schüsselchen füllen, mit Schnittlauch garnieren und ab damit auf den Tisch. Dazu gibt es chinesischen Weißwein und Mineralwasser.

Die *Suan la tang* scheint ein Erfolg zu sein, alle schaufeln sich andächtig davon mit den zarten Porzellanlöffeln in den Mund. Sven-René meint als guter Gastgeber die Konversation in Gang bringen zu müssen und wendet sich an Ruth: »Du, heißt deine Tochter zufällig Nicola mit Vornamen? Ich glaub, die kenne ich: Doktorandin, so 'ne Große mit langen rötlichen Haaren?«

»Ja, ist sie. Die ist achtundzwanzig, also ungefähr so alt wie du.« Ruth, mit warmen Augen voller mütterlichen Stolzes, und Sven-René fährt fort: »Klassebraut. So ehrgeizig, ich wollte, ich wäre auch schon so weit wie sie. Aber ich habe zwischendurch pausieren müssen und habe vor kurzem praktisch wieder von vorn angefangen. War 'ne blöde Geschichte.«

»Willst du's uns erzählen?«, fragt Henner mitfühlend. Keiner hat bei so einem Dinner in Wirklichkeit Lust auf traurige Geschichten, aber Sven-René sieht plötzlich so schwermütig aus, dass jeder meint, diesem großen Jungen zuhören und ihn trösten zu müssen. Der legt für einen Moment seinen Porzellanlöffel beiseite. »Mein Vater hatte hier eine Restaurantkette, und ich habe ihm immer gerne zugehört, wenn er von der Arbeit erzählt hat – deswegen koche ich auch so gerne. Sein Geschäft lief gut, und uns ging's finanziell super. Ich wollte schon immer Chemie studieren, und das war auch gar kein Problem. Dann haben sich meine Eltern einen Traum erfüllt: Sie haben hier alles verkauft und sind nach Mallorca ausgewandert, um da ein kleines Restaurant zu eröffnen. Sie bauten ein Haus direkt am Strand von Paguera, mit Wohnung, Garten und Gaststube, und das Ding lief auch super an.«

Er schöpft einen Löffel *Suan la tang*, balanciert ihn jedoch erst mal in Brusthöhe und fährt fort: »Das klappte zwei Jahre lang richtig gut, und dann ging plötzlich alles in den Arsch: Die Bezirksverwaltung brauchte plötzlich unbedingt das Grundstück und wollte es meinen Eltern für 'n Appel und 'n Ei abkaufen – nur das Grundstück, wohlgemerkt, an dem Haus waren sie eigentlich nicht interessiert. Meine Eltern haben geklagt und verloren: In Spanien sind die Gesetze so, dass du als Ausländer praktisch enteignet werden kannst. Der Makler, der denen das Grundstück vermittelt hatte, hätte sie warnen müssen, dass so was passieren könnte ... Hat er aber nicht. Na ja ... sie sind dann zurück nach Deutschland. Und hatten alles verloren quasi, und ich musste mein Studium unterbrechen und mir 'nen Job suchen, um Kohle zu verdienen.«

Schließlich befördert er die Suppe in den Mund und erzählt leise und traurig weiter: »Mein Vater wurde dann krank und ist ziemlich bald gestorben. Also, ich behaupte jetzt nicht, dass diese Geschichte mit Mallorca daran schuld ist, aber sie hat es auf jeden Fall forciert. Deswegen bin ich auch über alles, was mit Spanien oder Mallorca zu tun hat, ein bisschen angefressen ... Entschuldigung, Angelique, ich meine nicht dein Dinner gestern Abend, das war prima.«

Angelique fährt gleich kriegerisch hoch, und Sven-René kriegt einen feuerroten Kopf und verschüttet etwas Suppe auf die exotische Tischdecke.

Für Sven-René war dies eine ungewöhnlich lange Rede, und einen Moment lang sagt niemand was; alle fühlen mit dem jungen Studenten, sind aber auch verlegen, weil der Abend so eine traurige Wendung genommen hat. Aber wenigstens wissen wir jetzt, warum Sven-René so eine Aversion gegen spanisches Essen hat.

Ruth rettet mit gewohntem Takt die Situation: »Das muss furchtbar gewesen sein. Wie ist deine Mutter damit klargekommen?«

»Für die war es zu Anfang schlimm, aber meine Geschwister und ich haben uns um sie gekümmert, und jetzt geht's ihr wieder gut. Sie hat vor einem Jahr einen ganz netten Witwer kennen gelernt und sieht jetzt zwanzig Jahre jünger aus«, beendet Sven-René das Thema.

Alle sind erleichtert, und Jockel fordert mal wieder die kollektive Aufmerksamkeit, indem er geräuschvoll seine Suppenschüssel ausschlürft: »Macht man in China doch so, oder?«

»Mhm. In China. Da sind wir aber nicht«, kann Henner sich nicht verkneifen, Jockel zu belehren. Aber nachdem inzwischen auch die anderen – wenn auch nicht ganz so akribisch – ihre Schüsselchen geleert haben, ist der erste Gang des Dinners beendet. Sven-René geht in die Küche und die Gäste auf Streife.

Kommentar von Jockel: »Also, dieses Rührstück hätte Sven-René sich echt sparen können, dass passte gar nicht; ich meine, er ist ja nicht der einzige Unglücksrabe auf dieser Welt, oder? Und er *kann* wenigstens studieren. Ich wollte eigentlich auch, aber ich hatte niemals eine Chance ... Die Suppe? Ich mag keine Suppen.« (Klar, deswegen hat er die Schüssel schließlich fast ausgeleckt.) »Zu viel Gemüse, ist mir alles zu gesund. Aber den Pflaumenwein mochte ich.«

Kommentar von Henner: »Der erste Punkt geht an Sven-René. Es geht nicht darum, dass immer alles nach meinem Gusto sein muss, aber es passte alles, die Tischdeko, der Aperitif, die Suppe war lecker ... Wahrscheinlich hat ihm jemand bei den Vorbereitungen geholfen, aber das ist ja nicht verboten.«

Inzwischen wirbelt Sven-René, der Achtarmige, wie ein Derwisch in seiner kleinen Küche herum: Er blanchiert das Grüngemüse (darf nicht zu weich geraten), brät die Hühnerflügel an (müssen gleichmäßig gebräunt werden), weicht Basmatireis ein (auf die Uhr gucken, der Reis darf nicht zu lange), röstet Paprika, Ingwer und Chilischoten im Wok an (bloß nichts anbrennen lassen) und wünscht sich sehnlichst die Hilfe seiner Mitbewohner herbei.

Ruth und Angelique sitzen entspannt auf zweien der zahlreichen Sesselchen im Wohnzimmer und arbeiten sich durch die Fotoalben ihres Gastgebers; Angelique schaut der Dinnerkollegin über die Schulter, während diese in einem Album blättert und die Bilder kommentiert: »Guck mal, Fotos von seinen Eltern. Die Vererbungstheorie: Seine Mutter ist genauso 'ne Hungerharke wie er, groß, dünn, rothaarig, sommersprossig.«

Sie schiebt Angelique das Album zu: »Hier, die Eltern in Spanien beim Richtfest: *Familie Meise schießt den Vogel ab*. Schön! Sein Vater ist so ein Verschmitzter, Gemütlicher, sieht nett aus. Ich kann verstehen, dass es ein harter Schlag für unser Küken war.«

»Also, mir ist meine Familie auch heilig«, besinnt sich Angelique wieder auf ihr Lieblingsthema und kramt selbst einen umfangreichen Packen Fotos heraus: »Hier, willst du mal 'n paar Bilder von meinen Mäusen sehen? Guck mal: Man sieht doch sofort, welche die Liebe und welche die Freche ist, oder? Und man erkennt auch gleich, wer mir ähnlich sieht und wer meinem Mann, findest du nicht?«

Unbedingt! Ruth kennt Angeliques Mann doch gar nicht. Aber jetzt wenden wir uns einem anderen Schauplatz zu: Jockel und Henner inspizieren diverse Schlafzimmer. Sie geraten in das von Fouad, und Jockel kommentiert fahrig: »Das ist das Zimmer von Sven-René, oder?«

»Nee, glaube ich nicht; hier sieht's nicht nach Chemie aus, sondern nach Architektur. Alter Falter.« Ehrfürchtig und vorsichtig blättert Henner in einigen der Mutterpausen auf der Kommode. »Heute bauen die nur noch so einen Einheitsbrei – das kenne ich noch anders.«

»Du hast wohl aus Scheiße Geld gemacht, was?«, meint Jockel ein wenig neidisch, und Henner erwidert knapp: »Ich habe Geld gemacht. – So, und was hammer hier?« – Denez' Zimmer, mit geballter Elektronik vollgeladen: Kameras, Cutter, massenweise Fotos an den Wänden.

»Das sieht so nach Film- oder Tontechnik aus. Auch nicht Sven-Renés Kemenate; aber ich habe das Gefühl, wir kriegen heute Abend noch 'ne richtige Show geboten«, sinniert Henner angesichts all des hochwertigen Krimskrams in Denez' Zimmer, und Jockel erwidert ahnungsschwanger: »Mir ist alles recht, was den heutigen Abend rettet ...«

In der Küche wird derweil nicht nur geklotzt, sondern auch mal wieder gekleckert: Sven-René zieht das Gemüse vom Herd, damit die Sauce nicht zu sehr einkocht, gießt den Reis in ein Sieb ab und füllt ihn in kleine Porzellanschüsselchen; will sich auch der zierlichen Fleischeinlage widmen ... O Himmel, das Sesamöl! Hastig greift er zu der Flasche und träufelt etwas zu großzügig Öl nicht nur über das Gemüse, sondern auch über den Herd, von wo es sich bedächtig seinen Weg auf den Fußboden sucht. Das ist gefährlich, und Sven-René muss erst mal die Schmierage aufwischen, bevor er das Hauptgericht arrangiert: auf die Teller je einige Flügel, etwas Sauce und zur Dekoration je eine Chilischote, ein Stück Ingwerknolle und ein Anisstern, fertig. Jetzt kommt Süa Tüs Tablett zum Einsatz: erst fünf Teller mit Hühnerflügeln, dann fünf Schüsselchen Grüngemüse, dann fünf zierliche Schälchen Limettenwasser und zum Schluss (ohne Tablett) zwei Schüsseln Reis mit Porzellanlöffeln. Sven René kredenzt chinesischen Rotwein und Mineralwasser dazu, und das Menü mit vier ü kann fortgesetzt werden.

»Wenn jemand mit Stäbchen essen möchte, die liegen nicht nur zum Angucken hier«, erklärt Sven-René, aber das traut sich außer ihm keiner zu; die anderen greifen lieber nach dem gewohnten Essbesteck. Er deutet auf die Reisschüsseln und fährt fort: »Normalerweise gibt es zu diesem Gericht keine Sättigungsbeilage, aber wenn jemand Reis dazu essen möchte ...«

Lässt Jockel sich nicht zweimal sagen, er schaufelt sich ordentlich Reis zu seinen Flügeln und betrachtet stirnrunzelnd das Limettenwasser: »Ist das was zum Trinken?«

»Kannst es ja mal ausprobieren, aber eigentlich ist das zum Pfoten waschen gedacht, falls du die Flügel mit der Hand isst«, belehrt ihn Henner amüsiert. Müssen Ruth und Angelique unbedingt gleich ausprobieren: Andächtig zupfen sie ihre Flügel zwischen den Fingern und beißen in das Fleisch. Angelique stupst zart ihre Fingerspitzen in ihr Limettenwasser und zuckt zusammen, als Jockel etwas weniger zart mit seinen Fingern über ihre streicht. Ruth knabbert an einem Flügel und gibt leise wohlwollende Geräusche von sich: »Hmm ... klar, alles Geflügel einschließlich Schweinshaxen unter zwei Pfund darf man mit der Hand essen. Das Tolle an chinesischem Essen ist ja, dass es von sich aus schon ein Augenschmaus ist, alles so schön bunt, großartig dekorieren braucht man das gar nicht mehr.«

»Das ist auch immer so schön ausgewogen mit dem Fleisch und den Beilagen«, stimmt Angelique begeistert zu. Jockel gibt dazu seine eigene Ansicht zum Besten: »Nee, also ich brauche immer ein anständiges Stück Fleisch aufm Teller!«

»Möchtest du noch 'n paar Flügel?« Sven-René versteht den Wink mit dem Zaunpfahl durchaus, Jockels Zeller ist nämlich schon wieder ratzekahl leer. Der reicht diesen dem Gastgeber und antwortet mit schlecht gespielter Bescheidenheit: »Och, wenn du noch welche hast ...«

»Fleisch in Maßen ist okay, Hauptsache es ist gut zubereitet«, versucht Henner zu vermitteln, während er seine Flügel mit Messer und Gabel handhabt wie ein Chirurg seine Instrumente, und Sven-René serviert Jockel einen nachgefüllten Teller und erklärt: »Ich bin auch eher der Beilagenfreak. Also, ich esse schon auch gerne Fleisch ... nur kein Lamm, da könnte ich mich schütteln.«

»Ah, gut zu wissen.« Wahrscheinlich gestaltet Jockel gerade im Geiste sein perfektes Dinner um, während er sich schmatzend seinem Nachschlag widmet. Die Teller und Schüsseln des zweiten Gangs sind alsbald fast perfekt leer gefegt; nur ein wenig Reis ist noch übrig, aber Jockel kann sich schließlich nicht um alles kümmern.

Kommentar von Jockel, der seiner Mahlzeit mal wieder zur Genüge den Garaus gemacht hat: »Das schmeckte wie Weihnachtsgebäck! Also dieses China-Gefitzel ist absolut nichts für mich, da hast du doch nichts Handfestes auf dem Teller. Und dass man das Fleisch mit den Händen essen muss, finde ich auch unmöglich.« Muss man nicht, Jockel, wenn man mit Messer und Gabel umgehen kann.

Kommentar von Angelique: »Ich nehme alles zurück, man *kann* ein chinesisches perfektes Dinner zubereiten. Grandiose Leistung, die Sven-

René da gebracht hat. Das Hauptgericht war fast perfekt ... hätte für mich etwas pikanter sein können. Und er hat wieder dauernd was verschüttet. Ich glaube, an meinem Tellerrand hatte er mit Öl gekleckert. Na, unterstellen wir mal, dass er nervös war, ging mir ja gestern auch so. Ansonsten war alles okay.«

Sven-René hat bereits vor der Darreichung des Hauptgerichts einen Teig zusammengeschlagen und ihn hernach ausruhen lassen. Jetzt rollt er ihn aus, sticht Kreise daraus, füllt diese mit einer Masse aus zerdrückten Bananen mit Zimt, Zucker und Zitronensaft und klappt sie zusammen. Als er die Bananen-Halbmonde in den Ofen verbracht hat, klingelt es an der Tür. Er lässt eine dem Leser schon vertraute Besucherin herein und führt sie seinen Gästen im Wohnzimmer zu. »So, ihr Lieben, darf ich euch noch mal kurz nach hinten in die Ecke bitten? Das ist Süa Tü (noch zweimal ü?), und sie wird uns jetzt ein paar typische Kunststückchen aus ihrer Heimat vorführen.«

Süa Tüs Metamorphose: Die winzige Chinesin hat sich ihre lange schwarze Matte mit bunten Kämmen am Kopf hochgesteckt; sie trägt eine Art weißen Pyjama mit schwarzen Ornamenten und breitem gelben Gürtel, und ihre Augen sind geschminkt wie die von Kleopatra. Henner sieht aus, als wolle er sie am liebsten entführen. Die Gäste quetschen sich wieder in die Sesselchen und Korbstühle. Sven-René zieht mit einer Stange am anderen Ende des Raumes eine weiße Leinwand von der Decke, knipst das Licht aus und erklärt: »Einer meiner Wohnungsgenossen macht ein Praktikum als Fernsehtechniker, deshalb sind wir mit so was ausgerüstet.«

»Ah, so was Ähnliches dachte ich mir, wir waren in seinem Zimmer«, erklärt Henner. Sven-René knipst einen Strahler an, richtet ihn auf die Leinwand und nimmt ebenfalls Platz. Süa Tü hat sich hinter den Gästen postiert und eröffnet ihre Darbietung mit gewollt schüchterner Stimme: »Bitte Aufmelksamkeit!«

Auf der Leinwand erscheint plötzlich ein stolzer schwarzer Hahn, und die Gäste machen: »Oh!«

Der Hahn verwandelt sich in einen Schwan, der kräftig mit den Flügeln plustert, und die Gäste machen beeindruckt: »Ooh!!«

Aus dem Schwan wird ein schlanker anmutiger Reiher. Nacheinander sehen sich alle ungläubig nach hinten um: Süa Tü macht irgendwas mit ihren Händen und nimmt nur sporadisch einige Gegenstände zur Hilfe, um ein Feuerwerk von perfekten Scherenschnitten auf die Leinwand zu projizieren. Gebannt sehen die Gäste wieder nach vorn und bestaunen diese Schattenspielchen: ein Reh, ein Hase, ein Eichhörnchen. Ein Pfau, ein Strauß, ein Frosch. Zwei kämpfende Männer, eine Geisha mit Sonnenschirm, ein Teller balancierender Akrobat. Niemand kann sagen, wie lange diese Vorstellung dauert, aber als der Strahler wieder aus- und das Licht wieder angeschaltet wird, applaudieren alle mit stürmischer Begeisterung, und Süa Tü verabschiedet sich schüchtern: »Danke fül Aufmelksamkeit!«

Kommentar von Ruth: »Ich habe schon wieder vergessen, was es zu essen gab; diese kleine Chinesin war einzigartig! Das kann man nicht toppen! Das Essen war auch super. Nur das Gemüse war nicht ganz heiß, schade. Und ich hätte es mir ein bisschen schärfer gewünscht.«

Kommentar von Henner: »Hm, Sesamöl ist billig, was? An dem Gemüse war 'n bisschen viel davon, das hat es mir etwas verleidet. Hätte auch alles 'n bisschen heißer sein können. Aber mit dieser kleinen Chinesin hat Sven-René einiges wieder wettgemacht, diese Vorstellung war der absolute Hammer!«

Zu den Bananen-Halbmonden serviert der Gastgeber chinesischen Tee in einem zierlichen bunten Service. Danach bringt er ein weiteres Teeservice im Kleinformat auf den Tisch, die Steingutbecher nicht größer als Fingerhüte. »Möchte vielleicht jemand einen Saki dazu?«

»Oh, Sven-René, das Service ist ja goldig! Kannst du es mir einpacken und ein Schleifchen darumbinden? Meine Mädels wären hellauf entzückt!« Angelique jauchzt geradezu vor Wonne. Einen heißen Saki wollen alle gern probieren. Sven-René schenkt die Fingerhüte aus dem kleinen bauchigen Teekännchen voll (natürlich nicht, ohne etwas auf den Tisch zu kleckern), und Jockel kommentiert entrüstet: »Was, das bisschen soll für die ganze Kompanie reichen?!«

»Du wirst dich wundern, wie viel in so ein kleines Kännchen reinpasst.« Henner lässt den Saki auf der Zunge zergehen, und Ruth fragt interessiert: »Sag mal, Sven-René, musst du eigentlich nebenbei jobben?«

»Muss ich«, erwidert er und fährt ein wenig zögerlich fort: »Ich erzähl's eigentlich nicht gerne ... ich verkaufe Spielzeug für Erwachsene in einem Laden an der Langen Reihe.«

»Du was?!« Alle lassen Gabel und Löffel fallen, und Jockel verschluckt sich an seinem Saki: Das hätten sie von diesem schüchternen Jungen als Allerletztes vermutet. Der fährt sich verteidigend fort: »Das ist nicht so 'ne Schmuddelbude wie die Dinger an der Reeperbahn, der Laden ist ziemlich edel. Auch von außen sieht er dezent aus. Also man ahnt vielleicht, was es ist, aber deutlich sehen tut man es nicht. Immerhin, die Arbeitszeit ist flexibel, bezahlt wird es auch nicht schlecht ...«

»Wahrscheinlich ist es auch angenehmer, als im Supermarkt an der Kasse zu sitzen oder als Reinigungskraft zu arbeiten.« Ruth ist mal wieder voller Verständnis. Nur Jockel hat das Gehörte noch nicht verdaut, er sieht Angelique so anzüglich an, dass es sie beinahe fröstelt. »Sexspielzeug! Ich glaub's nicht! – Angelique, magst du deinen letzten Halbmond nicht mehr?«

»Es war superlecker, aber ich platze. Bitte, Jockel.« Sie tauscht mit ihm den Teller, und Jockel lässt sich nicht zweimal bitten. So endet dieser zweite Dinnerabend mit den Ausführungen über Sven-Renés Nebenjob eher dramatisch.

Sven-René, beim Anblick des Schlachtfeldes in seiner Küche, zieht ein Resümee: »So schlecht kann es nicht gewesen sein, bis auf ein bisschen Reis ist alles aufgegessen worden; um Nachschlag wurde auch gebeten ... Okay, das war Jockel, der ist vielleicht kein Maßstab; ich glaube, der würde einem die Haare vom Kopf fressen, wenn er könnte. Der Typ hat manchmal echt 'n Benehmen wie 'ne Axt im Wald.«

Und wie bewerten die Gäste dieses Menü der drei Köstlichkeiten?

Henner: »Zuerst die Schwachstellen: Das Hauptgericht war etwas kalt und das Gemüse etwas fettig. Das Dessert schmeckte gut, stopfte aber ziemlich. Das gibt Punktabzug, und ich bleibe dabei, chinesische Küche eignet sich eigentlich nicht für ein perfektes Dinner. Und jetzt zu den Highlights: vom Geschmack her ansonsten super, besonders die *Suan la tang*. Alles – Essen, Deko und Atmosphäre – war sehr harmonisch aufeinander abgestimmt, sehr fantasievoll umgesetzt, Sven-René hat sich da richtig Gedanken gemacht. Die absolute Granate war natürlich Süa Tü, also ich war sprachlos, die Kleine hätte ich mir am liebsten untern Arm geklemmt und mitgeschleppt. Sieben Punkte für Sven-René.«

Angelique: »Für mich war das 'n fast perfektes Dinner. Diese ganzen chinesischen Accessoires haben mich total beeindruckt, und diese kleine Chinesin war der Oberhammer! Das Essen war auch lecker ... hätte für mich 'n bisschen schärfer gewürzt sein können. Das mit dem Tee und mit dem Saki fand ich gut, aber das Dessert war mir 'n bisschen zu mächtig. Ich gebe dem Sven-René acht Punkte. Und morgen sehe ich zu, dass ich nicht wieder neben Jockel sitze, der geht mir auf 'n Sack!«

Ruth: »Nicht ganz perfekt, Sven-René war sehr nervös, aber das halten wir mal seiner Jugend zugute. Die Suppe und die Hühnerflügel waren prima, aber das Gemüse war leider nicht heiß genug, und ich fand diesen Anisgeschmack ein bisschen fad. Gut, das ist mein persönlicher Geschmack. Richtig schön war die Vorstellung von Süa Tü, da war ich richtig aus dem Häuschen! Und so niedlich, die Kleine! Die ganze Dekoration war liebevoll, also selbst wenn er das nicht allein gemacht hat, das passte alles, das fand ich toll. Das Dessert war mir ein bisschen zu dröge, aber das hat Sven-René mit dem Tee und dem Saki wieder wettgemacht. Sven-René bekommt von mir acht Punkte.«

Jockel: »Ja, hat mich nicht so vom Sockel gehauen, der Abend. Die kleine Pappchinesin war schon klasse, aber das hat's echt nicht rausgehauen. Das war mir einfach zu viel Firlefanz mit diesem ganzen chinesischen Flitterkram. Das ist sowieso nicht meine Welt, aber dafür kann Sven-René natürlich nichts. Gut fand ich, dass er noch Nachschlag hatte, das ist ja nicht ganz unwesentlich. Aber das Essen … echt, mir zu viel Fummelkram, alles schön klein und bunt, fühle ich mich optisch immer ein wenig überfordert. Schmeckte auch alles wie eingeschlafene Füße« (wir erinnern uns, dass es Jockel war, der noch um Nachschlag gebeten hat und der seine Portionen immer zur Gänze vernichtet hat … so viel zu den eingeschlafenen Füßen), »aber das Dessert hat mir geschmeckt. Na ja, ich mag es eben gerne etwas herzhafter. Aber mehr als sechs Punkte kann ich nicht vergeben. Der Abend war echt nicht der Brüller.«

Vielleicht war der Abend für Jockel nicht der Brüller, aber zweimal acht, einmal sieben und einmal sechs Punkte macht insgesamt 29 Punkte – mehr als Angelique gestern Abend für sich verbuchen konnte.

Sven-René hat sich in einen Sessel gefläzt und ein Bitburger auf dem Schoß. Plötzlich klappt die Wohnungstür: Seine Bodyguards sind zurück, und er begrüßt sie erfreut: »Tach, Männers! Mann, bin ich platt! Wo issn Süa Tü? Ohne die wäre ich echt im Arsch gewesen.«

»Falle, die muss morgen früh hoch«, antwortet Denez und stupst seinen Mitbewohner freundschaftlich an: »Na, Alter, alles gut?«

»Ey, Alter, voll der geile Abend«, erwidert Sven-René erschöpft. Fouad stupst ihn gegen die andere Schulter und deklamiert mit übertrieben abgedroschenem arabischem Akzent: »Alter, voll krass ey, schmeißt du noch 'n paar Jollen rüber?«

»Mach selber.« Sven-René fallen kurzfristig die Augen zu. Seine Mitbewohner stapfen in die Küche, ignorieren dort kalt lächelnd die

Kriegsschauplätze und nehmen sich ebenfalls je ein Bier aus dem Kühlschrank, Fouad ein Clausthaler alkoholfrei und Denez ein Bitburger. Im Wohnzimmer stoßen die drei miteinander an, und Fouad macht eine vage Handbewegung in Richtung Küche: »Ey, Alter, das machen wir dann morgen, okay?«

»Vielen Dank, Bagaluten. Wenn ich diese Session hier gewinne, lade ich euch fürstlich zum Essen ein, okay? Deine Ische natürlich auch, Denez, ohne Süa Tü hätte ich das gar nicht hingekriegt«, beteuert der erschöpfte Gastgeber, und Denez fragt konsterniert: »Und wenn du diese Session nicht gewinnst?«

Sven-René gähnt und klappt erneut die Augen zu: »Dann natürlich auch!«

Samstag:
Im Polizeipräsidium

»Ich wollte nur mal sagen, dass ich es un-mög-lich finde, dass ich hier wie eine Verdächtige behandelt werde«, keift Angelique, und Henner korrigiert sie ruhig: »Potentiell.«

»Was?« Die junge Frau ist für einen Moment aus dem Konzept gebracht, und er erklärt nüchtern: »Potentiell verdächtig. Aber das bist nicht nur du. Das sind wir alle.«

»Egal ob potentiell oder nicht, ich finde das un-mög-lich! Und ich wollte auch noch mal sagen, das war gar nicht so einfach, für meine Kleinen so schnell eine Unterbringungsmöglichkeit zu finden. Ich finde, auf meine Situation als Mutter könnte man ja auch mal Rücksicht nehmen. Und im Übrigen«, um ihren Worten Nachdruck zu verleihen, haut sie energisch mit der Hand auf den Tisch, »werde ich gleich meinen Mann anrufen, damit der unseren Anwalt hierher bemüht. Das muss ich mir ja wohl wirklich nicht gefallen lassen!«

»Meine Güte, Angelique«, diesmal hat auch Ruth ihre obligatorische Ruhe verloren, »Henner hat recht, wir sitzen alle im selben Boot. Oder glaubst du, für mich war das angenehm, als die Polizei plötzlich vor meiner Tür stand und meine Wohnung durchsucht hat, als würden die bei mir irgendwo Arsen oder so was vermuten?«

Die vier verbleibenden Dinnergäste sind nacheinander von der Polizei konsultiert und ins Präsidium zitiert worden. Hier sitzen sie nun einigermaßen fassungslos, zusammen mit Kommissar Friedhelm Bolle und Kommissaranwärter Max Thomas, und können noch immer nicht glauben, dass einer von ihnen nicht mehr am Leben ist.

Am heftigsten hat Sven-René reagiert. »Jockel?« Ungläubig hat er wiederholt nachgefragt: »Jockel??« Dann hat er angefangen zu weinen wie ein kleines Kind. Auch jetzt sitzt er wie betäubt in seinen Stuhl gepresst und schluckt trocken. »Jockel war ein solcher Kotzkübel, sicher, sicher, aber ...«

»Wir mochten ihn, glaube ich, alle nicht besonders, aber deswegen bringt ihn doch keiner von uns um.« Henner macht von allen den gefasstesten Eindruck und gießt erst mal Öl auf die seelischen Wogen.

Friedhelm eröffnet mit gewohnter Bedächtigkeit die Vernehmung: »Aber *irgend-jemand* hat ihn zweifellos ermordet. Und zwar mit Taxin;

das ist ein Gift aus Eibennadeln. Eiben wachsen hier im Stadtpark, das ist also nicht unwahrscheinlich zu beschaffen.«

»Aber kann er sich nicht danach noch mit jemand anders getroffen haben, und der hat ihm das Zeug verabreicht?«, schlägt Angelique vor, und Sven-René pflichtet ihr bei: »Das halte ich auch für wahrscheinlicher. Von uns hatte doch keiner einen Grund, ihm etwas anzutun. Das ist unmöglich!«

Friedhelm schüttelt den Kopf: »Das Zeitfenster ergibt, dass ihm dieses Gift gestern Abend beim Dinner verabreicht worden sein muss und wenige Stunden später tödlich gewirkt hat. Darum müssen wir den gestrigen Abend sorgfältig rekonstruieren. Und wir müssen auch beleuchten, was an den anderen Dinnerabenden vorgefallen ist. Sie sagen alle, Sie mochten den Toten nicht besonders?«

Ruths Antwort kommt zögernd, als wolle sie sich an die unausgesprochene Regel halten, dass man Toten nichts Böses nachsagt: »Er hielt sich für den Größten, aber er kriegte nichts auf die Reihe, auch sein Dinner nicht. Er hat immer gejammert und gestöhnt. Und er hat Angelique so dermaßen angebaggert, dass es für uns alle unangenehm war.«

»Er war irgendwie gierig. Er hat immer gefressen wie ein Hungertoter und danach gemeckert, dass es ihm nicht geschmeckt habe«, führt auch Sven-René aus, und Henner fügt hinzu: »Der Typ war ein solcher Loser, aber er gab aller Welt die Schuld daran, dass es im angeblich so schlecht ging.«

»Er war eine Ätztype. Ein fürchterlicher Angeber. Und obwohl er wusste, dass ich verheiratet bin und zwei Kinder habe und dass ich überhaupt nicht auf ihn stand, hat er dauernd an mir rumgegrabbelt und mich angemacht, das war schon richtig ekelhaft. Den hätte ich am liebsten erwürgt.« Erschrocken über diesen heftigen Ausbruch schlägt sich Angelique die Hand vor den Mund, und Henner sieht sie mit unergründlichem Blick an. »Wenn ich es überhaupt jemandem von uns zutrauen würde, dann dir, Angelique. Dir ist er ja richtig aufs Gerät gegangen.«

»Henner, bist du nicht ganz dicht? Das ist doch nicht dein Ernst!«, zetert sie, und Ruth, in einem ungeschickten Versuch zu vermitteln, macht alles noch schlimmer: »Vielleicht in Notwehr? Oder versehentlich? Ich hätte sogar Verständnis für dich, so wie der sich bei dir angebiedert hat ... Du hast mir manchmal richtig leidgetan.«

»Hallo, was wird'n das jetzt hier? Glaubst du vielleicht, ich habe ständig eine Giftspritze in meiner Handtasche?« Angelique geht Ruth fast an die Gurgel, und Sven-René fabuliert achselzuckend weiter: »Wieso in der Handtasche? Er könnte dir nach Hause gefolgt sein, du konntest ihn nicht abwimmeln und hast ihn reingebeten ... Also verstehen würde ich das, der hat dich ja richtig tyrannisiert.«

»Das ist jetzt nicht wahr, oder? Glaubst du ernsthaft, ich würde mir an so einem Würstchen die Finger dreckig machen? Ich habe schließlich zwei Töchter, an die ich denken muss«, bemüht Angelique mal wieder ihr Lieblingsthema.

Max versucht die erhitzten Gemüter zu beruhigen: »So kommen wir nicht weiter. Dies war keineswegs ein Versehen, das war ein vorsätzlicher, geplanter Mord. War von Ihnen jemand gestern Abend mal mit Herrn Mickelsen allein?«

»Ich«, antwortet Sven-René leise, »zwischen der Vorspeise und dem Hauptgericht war ich mit Jockel im Schlafzimmer. Da hatten wir aber nichts zu essen oder zu trinken dabei. Und intravenös ist ihm das Zeug ja wohl nicht verabreicht worden, oder?«

»Und allein im Esszimmer?«

»Ich natürlich«, erklärt Ruth, »als ich das Geschirr von der Vorspeise abgeräumt habe. Meine Gäste haben sich derweil in der Wohnung umgesehen. Und ja, bevor Sie fragen, es ist richtig, dass ich für Jockel das Dessert etwas anders zubereitet habe. Er vertrug angeblich kein rohes Obst, also habe ich für ihn nur Lidschis und Mango aus der Dose genommen. Das war den Gästen bekannt, darüber hatten wir beim Essen gesprochen.«

»War von Ihnen mal jemand allein in der Küche?«, fährt Max die Befragung fort, und wieder antwortet der junge Student: »Nee, außer Ruth natürlich. Ich war mal allein im Badezimmer, weil ich mir Wasser über die Hose gekippt hatte und das trocken wischen wollte. Das war aber ziemlich zum Schluss, da hatten wir das Dessert schon verputzt, und danach hat auch niemand mehr was aus der Küche geholt, soweit ich weiß.«

»Gab es an dem Abend andere Vorkommnisse, die Ihnen ungewöhnlich erschienen?« Max zückt seine Kladde und seinen Füllfederhalter, und Henner erwidert trocken: »Irgendjemand hat letzte Nacht versucht, mich aus dem Bett zu klingeln.«

»Und was soll das mit Jockel zu tun haben?«, fragt Ruth irritiert. Alle sind irritiert, und Henner versetzt: »Ich habe nur dem Kommissar auf seine Frage geantwortet, ob es gestern weitere ungewöhnliche Vorkommnisse gab. Und das war ungewöhnlich. Es war bestimmt schon nachts um zwei oder so, und ich lag im Bett und bin davon aufgewacht, dass jemand an meiner Haustür Sturm geklingelt hat. Ich habe nicht reagiert und bin wieder eingeduselt. Wenig später klingelte es noch mal ziemlich hartnäckig, aber ich hatte keine Lust aufzustehen, ich war zu müde. Danach war Ruhe, und ich bin wieder eingeschlafen.«

»Das war der Dinnermörder, der rafft uns jetzt alle dahin.« Angelique kann nicht umhin, sich bei Henner einmal für seine ganzen Spitzen ihr gegenüber zu revanchieren. »Er holt uns einen nach dem anderen, erst Jockel, dann dich ...«

»Angelique, du wirst geschmacklos!«, fährt Ruth ihr über den Schnabel, und Sven-René lenkt ein: »Das hatte bestimmt nichts mit dem Dinner zu tun. Das war irgendein Idiot. Henner wohnt nun mal in einer ziemlich feinen Gegend, und solche Idioten treiben sich entweder in ganz feinen oder völlig asozialen Gegenden herum. Kann Jockel das Gift nicht auch selbst genommen haben?«

»Möglich, aber eher unwahrscheinlich, es ist keine angenehme Todesart. Und warum hätte er sich ausgerechnet diesen Zeitpunkt für einen Selbstmord aussuchen sollen?«, meint Friedhelm zweifelnd, und Angelique versetzt boshaft: »So schön dramatisch ... Hätte vielleicht zu ihm gepasst. Aber ich glaube es in Wirklichkeit auch nicht, dazu hätte er den Mut nicht gehabt.«

»Waren an dem Abend außer Ihnen noch weitere Personen anwesend?«, möchte Friedhelm wissen. Henner nickt. »Freunde von Ruth, eine serbische Familie, die eine sehr schöne musikalische Darbietung vorgetragen haben. Aber die werden Sie nicht ernsthaft verdächtigen. Die kannten Jockel doch gar nicht, die kannten keinen von uns.«

»Es soll da so eine Geschichte mit einem Autounfall gegeben haben ...« Max schießt ins Blaue und macht eine Kunstpause. Ruth kramt in ihrem Gedächtnis: »Meinen Sie den Unfall, den Jockel vor zwanzig Jahren mal verursacht hat? Er sagte, er hätte danach eine Angstpsychose bekommen und seinen Führerschein abgegeben, er wollte danach nie wieder Auto fahren. Aber was soll das mit seinem Tod zu tun haben?«

»Er meinte, es hätte damals nur Blechschaden gegeben, aber er hat das dermaßen betont, dass ich ihm, ehrlich gesagt, nicht so ganz geglaubt habe«, erinnert auch Sven-René sich jetzt wieder. »Ich meine, warum sollte man eine Angstpsychose bekommen, wenn man nur ein Auto zu Schrott fährt?«

»Das kam mir auch etwas überzogen vor«, stimmt Angelique lebhaft zu. »Wenn er natürlich stattdessen zum Beispiel ein Kind überfahren hätte … Ich darf gar nicht daran denken, wie das wäre, wenn meinen Mäusen so was passieren würde. Ich glaube, ich würde derartig durchdrehen … Ich meine, es gibt doch nichts Schlimmeres, als ein Kind zu verlieren, oder?«

»Angelique, kannst du mal für einen Moment die Rolle der guten deutschen Mutter ablegen? Das gehört wirklich nicht hierher.« Nun ist auch Henner gereizt, wirkt aber plötzlich sehr nachdenklich: »Mein Gott … diese serbische Familie, die gestern Abend da war, die haben mal ein Kind verloren. Vor zwanzig Jahren. Bei einem Autounfall.«

»Henner, weißt du eigentlich, was du da redest?« Ruth ist völlig fassungslos. »Du verdächtigst nicht ernsthaft Mladan und Vedrana Dimic, jemanden ermordet zu haben, den sie nur einmal flüchtig gesehen haben?«

»Flüchtig stimmt nicht, sie waren die ganze Zeit mit uns im Wohnzimmer, während sie musiziert haben«, widerspricht Henner, und Sven-René fügt hinzu: »Sie kamen während des Hauptgerichts und guckten kurz in die Essecke, um Guten Abend zu sagen. Dann hat Ruth sie ins Wohnzimmer geführt, und als wir mit dem Essen fertig waren, sind wir dazugekommen. Sie können theoretisch zwischendurch auch mal in die Küche gegangen sein. Also, wenn jemand eine Gelegenheit hatte, dann sie.«

»Sie glauben also, Herr Mickelsen hätte vor zwanzig Jahren einen Autounfall verursacht, bei dem ein Kind der Familie Dimic ums Leben kam, und jetzt haben sie ihn wiedererkannt?« Max klappt aufgeregt sein schwarzes Buch auf; es ist eine abenteuerliche Theorie … aber immerhin eine Theorie.

Angelique erklärt leidenschaftlich: »Anders kann es nicht gewesen sein. Von uns hatte doch niemand einen Grund, Jockel etwas anzutun, und auch keine Möglichkeit. Und natürlich würden deine Freunde mildernde Umstände bekommen, Ruth, es ist schließlich eine absolute Tragödie, sein Kind auf so tragische Weise zu verlieren …«

»Ja, und für den Fall, dass sie irgendwann den Mörder ihres Kindes wiedersehen, haben sie ständig Eibengift dabei. Sagt mal, seid ihr alle komplett verrückt geworden?!« Diesmal wird auch Ruth laut. »Erst wird in meiner Wohnung geschnüffelt wie in einer Opiumhöhle, dann werde ich verdächtigt, nur weil ich am ehesten die Gelegenheit hatte, und jetzt meine besten Freunde wegen einer so absurden Theorie ... Also ich finde das ungeheuerlich!«

Friedhelm legt begütigend seine Hand auf ihre: »Frau Vidakovic, ein Mord ist immer ungeheuerlich, aber Sie verstehen, dass wir auch diesem Hinweis nachgehen müssen. Wir möchten Sie bitten, uns die Anschrift Ihrer Bekannten zu geben, damit wir gegebenenfalls auch mit diesen sprechen können. Aber Sie oder Ihre Bekannten sind nicht verdächtiger als alle an den Dinnerabenden Anwesenden.«

»Wir werden natürlich auch die jeweils anderen Anwesenden befragen, ob ihnen etwas aufgefallen ist«, versucht auch Max die Frau zu trösten, die wie das personifizierte Häufchen Unglück zwischen ihnen sitzt. »Aber Tatsache ist nun mal, dass Herr Mickelsen gestern Abend ums Leben kam, und darum werden wir uns hauptsächlich auf das gestrige Dinner konzentrieren.«

»Wir haben auch schon mit einem Arbeitskollegen von Herrn Mickelsen gesprochen, einem Griechen namens Kafidakis Panagiotis, den Sie wohl auch kennengelernt haben«, fährt Friedhelm fort, »und wir werden uns selbstverständlich auch im Umfeld des Toten umhören und seine Mutter befragen, sobald die wieder vernehmungsfähig ist. Aber wir versuchen auch, etwas über diesen Autounfall herauszubekommen, und wenn sich herausstellen sollte, dass der nichts mit Familie Dimic zu tun hatte, Frau Vidakovic, dann ist eine Befragung bei Ihren Bekannten vielleicht gar nicht mehr notwendig.«

Mittwoch: Jockel
Apó tin Ellada

Das Menü:

*

Salata Ellinika mit Tsatsiki

*

Lamm-Souvlaki mit vegetarischer Mousaka

*

Yaourti memeli mit gerösteten Mandeln

»Mutti, guckst du mal, ob ich auch nichts vergessen habe?« Jockel reicht seiner Mutter, einer kleinen quirligen Frau mit dunklen Locken, den Einkaufszettel. Sie wirft einen schnellen, aber gründlichen Blick darauf. »Du willst nicht fertiges *Tsatsiki* kaufen, oder? Das machen wir selbst, mein Junge. Knoblauch ist noch da, besorg noch Quark und eine Gurke dazu.«

Jockel wohnt noch bei Mutti. Die ist verwitwet und hat ein kleines Einfamilienhaus in Wandsbek, und ihr Sohn ist dort in einer noch kleineren Einliegerwohnung untergebracht, aber er hält sich meistens in dem größeren Teil des Hauses auf. Bei Mutti ist es eben am schönsten.

»*Apó tin Ellada*. Willkommen in Griechenland.« Sven-René sitzt mit Angelique auf einer Bank im Park und betrachtet nachdenklich die Menüfolge. Angelique hat sich geradezu vertrauensvoll an den jugendhaften Studenten herangekuschelt. »Geht gar nicht, oder?«

»Jedenfalls nicht so«, knurrt er voller böser Vorahnungen. »*Salata Ellinika* ist ein einfacher Bauernsalat. *Tsatsiki, Mousaka* ... die Beilagen sind eher null acht fuffzehn. Na ja, unser Jockel ist nun mal 'ne fleischfressende Pflanze. Und wenn das *Souvlaki* gut gemacht ist, lasse ich mit mir reden. Ich hoffe nur, er denkt daran, dass ich kein Lamm esse, sonst gibt das Punktabzug! – Du, Angelique, wenn du möchtest, setze ich mich heute Abend neben dich ans Kopfende, damit Jockel dir nicht die Hand aufs Knie legen kann.«

»Das ist lieb von dir, Sven-René«, seufzt sie dankbar. Die anderen Gäste haben natürlich auch schon mitgekriegt, dass Jockel sie ständig anzubaggern versucht. »Ruth ist so eine Liebe, und Henner ist so ein affengeiler Typ ... warum muss denn bei unserer Riege so ein Kotzbrocken dabei sein? Ich meine, gestern war es ja nicht so schlimm, aber vorgestern ging Jockel mir echt auf 'n Flansch. Also ein bisschen Manschetten habe ich da schon ...«

Discounter sind eine segensreiche Erfindung. Jockel kennt sie alle. Und klappert sie alle ab: Lamm- und Schweinefleisch, Gurken, Tomaten, Auberginen, Zucchini, Schafskäse ... bis auf den *Retsina*, den *Ouzo* und die Zutaten für das Dessert (Joghurt, Honig und Mandeln) hört sich alles überraschend gesund an. Wo es gekauft wurde, schmeckt hinterher schließlich keiner. Jockel outet sich als Griechenland-Fan: »Seit ich da vor mehr als zwanzig Jahren mal mit Freunden hingetrampt bin. Die Menschen sind da so großzügig und herzlich. Ich mag das Wetter, ich mag das einfache Leben da, diese karge Landschaft« (richtig: allzu bunt darf es nicht sein, sonst ist Jockel optisch überfordert) »und natürlich die Küche. Die hat so was Bodenständiges, Herzhaftes. Und deswegen werde ich« (na, wenn er sich da mal nicht zu weit aus dem Fenster lehnt) »dieses perfekte Dinner auch gewinnen!«

Das meint der nicht ernst, oder?« Henner, halb entsetzt und halb amüsiert über die heutige Menüfolge. Er sitzt mit Ruth auf der Terrasse vor einem Bistro. Galant, wie er ist, hat er sie zu einem Kaffee eingeladen, mit einem Schuss *Baileys* statt mit Milch. Ruth nimmt seufzend einen Schluck von dem aromatischen Gebräu: »Normalerweise trinke ich so was nachmittags nicht, aber ich fürchte, heute kann es nicht schaden.«

»Ich fürchte mich auch«, erwidert Henner zweideutig. »Den heutigen Abend werden wir nur mit viel Humor überstehen, schätze ich. Angelique tut mir jetzt schon leid, die wird wohl heute nichts zu lachen haben. Mit dem Dinner haut Jockel mich schon mal nicht von den Socken. Mal sehen, ob er das mit Deko und Atmosphäre wieder wettmacht. Traue ich ihm aber, ehrlich gesagt, nicht zu.«

»Er wohnt doch noch bei Mutti, oder? Vielleicht rettet die den Abend ein wenig.« Ruth schöpft neue Hoffnung. »Sven-René hatte gestern auch Hilfe. Oder glaubst du, er hat das alles allein hingekriegt? Jetzt kommt es bei Jockel nur noch auf seine Rolle als Gastgeber an, aber da vermute ich bei ihm auch keine überragenden Qualitäten. Na ja, vielleicht wird es heute wenigstens komisch.«

Es ist tatsächlich Mutti, die sich dareinschickt, heute das perfekte Dinner zu retten: Sie steht in einer großzügigen Küche mit einer Einrichtung in Orange und Braun aus den siebziger Jahren und schnippelt das Gemüse für den Salat, mariniert das Fleisch für die *Souvlaki* mit

Olivenöl, Salz, Pfeffer, Rosmarin und Knoblauch, raspelt die Gurke für das *Tsatsiki*, schichtet die *Mousaka* in den Ofen und füllt die Gläser für das Dessert mit Joghurt, über den sie Honig träufeln lässt. Jockel kümmert sich derweil liebevoll um die Tischdeko: »Du, Mutti, wo hast du die Tischdecke, die du mal aus Berchtesgaden mitgebracht hast? Kann ich die heute Abend nehmen?«

»Unten rechts im Wohnzimmerschrank«, erwidert seine Mutter, ohne ihre diversen Tätigkeiten zu unterbrechen. Jockel zieht eine Tischdecke mit hellblau-weißem Rautenmuster aus der Lade und breitet sie auf dem wuchtigen eichenen Esstisch aus. Verschiedene kleine Fußballflaggen als Platzdeckchen, Vulkanbrösel und Muscheln großzügig dazwischen verteilt; zwei kleine, ziemlich mitgenommen aussehende griechische Statuetten, und das Highlight, gegenüber vom Kopfende des Tisches: eine Sperrholzplatte mit grünem Filz bespannt, mit weißen Linien und Tupfen versehen und von einem Jägerzaun aus Streichhölzern umrandet; auf der Platte zwei winzige Plastikfußballtore, ein paar rote und gelbe Gummibärchen als Fußballspieler, zwei weiße als Torwächter und drei Katjes als Schieds- und Linienrichter verteilt. Jockel präsentiert dem Team von VOX und seiner Mutter stolz die Tischdeko: »In Anlehnung daran, dass Griechenland vor einigen Jahren Fußball-Europameister war. Ich bin Fußballfan, und dazu stehe ich auch. Der Tisch sieht doch perfekt griechisch aus, oder?«

Perfekt. Griechisch. Oder vielleicht doch eher perfekt bayrisch? Vielleicht gewinnt Jockel ja das perfekte Dinner dank seiner originellen Tischdeko und seinem umfangreichen Fußballwissen ... die Hoffnung jedenfalls stirbt zuletzt.

»Fein, mein Junge. So, ich drücke dir ganz fest die Daumen.« Mutti gibt ihrem Sohn einen Abschiedskuss und geht ihres Weges, und Jockel begibt sich in seine eigene kleine Wohnung: »So, dann werde ich mich noch mal ein wenig restaurieren, bevor die Gäste kommen ...«

»Hallo-o, lieber Jockel, und vielen Dank ...« Und die Gäste kommen: als Erstes Ruth mit weinroter Hose, weißer gemusterter Bluse und weinrotem Pullunder und Henner mit Jeans, leichtem weißen Pulli und Lederweste: »Servus, Bursch ... Danke schön für die Einladung.«

»Ja, hinein in die gute Stube, schön, dass ihr da seid«, empfängt Jockel seine Besucher, diesmal in Jeans und weiß-blauem T-Shirt, das zur Abwechslung wie ein Fußballtrikot aussieht, und er küsst zur Begrüßung freundschaftlich nicht nur Ruth, sondern auch Henner ganz reflexartig auf den Mund. Gleich darauf erscheinen auch Sven-René in Jeans, orangefarbenem Hemd und cremefarbener Weste, und Angelique, ebenfalls in Jeans mit weißer Bluse und weinrotem Pullunder, bei dem dritten Gastgeber. Sven-René ist größer als Jockel, so dass ihm eine so intime Geste erspart bleibt, aber den Kuss auf Angeliques rosige Lippen lässt sich Jockel natürlich nicht nehmen. »Hereinspaziert. Hallo, Sven-René. Oh, Angelique, du hast dich aber fein gemacht, hast du dich mit Ruth abgesprochen? Ihr tragt ja fast Partnerlook.«

Kommentar von Angelique: »Himmel, der Abend fängt ja gut an! Hoffentlich schirmen mich die anderen ein bisschen ab, ich habe keinen Bock auf Jockels schlüpfrige Zärtlichkeiten! Und dann diese düstere muffige Bude, weiße Tapete mit grünen Blättern, rustikale Eiche, schwarze Ledermöbel und beigefarbene Kissen mit perfekt mittigen Karateschlägen ... der Charme der siebziger Jahre, du, ehrlich!«

Die Gäste betreten das soeben ausführlich beschriebene Wohnzimmer und bekommen als Aperitif von Jockel einen *Ouzo* mit Eis und Wasser kredenzt. Jockel hebt sein Glas: »*Jia mas*, wie der gemeine Grieche zu sagen pflegt, das heißt *Auf unsere Gesundheit!*«

Kommentar von Henner, der im Moment wahrscheinlich durchaus um seine Gesundheit fürchtet: »Wenn ich das vorher gewusst hätte, dann hätte ich mit der Ruth keinen *Baileys* zum Kaffee getrunken. So viel Sprit auf nüchternen Magen, das hätte mir fast den Appetit verdorben. Und ganz ehrlich, dass der Jockel mich zur Begrüßung auf den Mund geküsst hat, das war ja wohl ein Griff ins Klo! Vielleicht hat er das nur gemacht, damit sein Schmatz für Angelique ein wenig unterging, aber das ist meiner Meinung nach keine Entschuldigung.«

»So, dann darf ich euch mal in die Essecke bitten. Setzt euch, wie ihr mögt«, gebietet Jockel wohlerzogen, und Angelique platziert sich gleich direkt bei dem Fußballfeld en miniature, möglichst weit weg vom Kopfende des Tisches. »Ich hole inzwischen die Vorspeise, geht ganz schnell ...« Stimmt, ist ja von Mutti perfekt vorbereitet worden: Jockel muss nur noch das Dressing über die einzelnen Glasschüsseln kippen und den Salat vorsichtig mischen; das *Tsatsiki* ist schon auf separaten Glastellerchen angerichtet und mit rohen Zwiebelringen und je einer grünen Chilischote aus dem Glas dekoriert, schon ist der erste Gang servierbereit.

Kommentar von Sven-René: »O Scheiße, ich war auf alles Mögliche gefasst, aber das hat mir dann doch die Sprache verschlagen. Dieses giftgrüne, gewollt witzige Fußballfeld auf bayrisch weiß-blauer Tischdecke, diese Farbkombination kriegte sich dermaßen das Hauen, da taten einem die Augen weh! So was von geschmacklos, das glaubt mir keine Sau: Wenn ich das nachher meinen Jungs erzähle, trinkt mein braver Muselman Fouad wahrscheinlich den ersten Schnaps in seinem Leben ...«

Die Vorspeise und der weiße *Retsina* schmecken überraschend gut, aber ... Sven-René lässt ein Stück Gurkenraspel auf die Tischdecke fallen und bittet höflich: »Entschuldigung, Jockel, hast du vielleicht einen Schluck Wasser dazu?«

Na klar. Die Wassergläser stehen auf dem Tisch, also kann man sie genauso gut füllen. Jockel springt hastig in die Küche und schenkt seinen Gästen ein. Henner lobt das *Tsatsiki*: »Lecker. Selbst gemacht?«

»Mhm.« (Von Mutti, aber das braucht ja hier keiner zu wissen.) Jockel geriert sich bescheiden, und Ruth kommentiert sehnsüchtig: »Ein Stück Brot dazu wäre schön.«

Ach ja. Das Brot. Geplant und vorbereitet ist es, nur nicht serviert. Hastig springt Jockel erneut in die Küche. Angelique fragt mit einem anzüglichen Tonfall, der nur Jockel verborgen bleibt: »Wie bist du auf die Idee mit dieser ... Tischdecke gekommen?«

Jetzt ist Jockel in seinem Element: »Na, das sind doch die Farben von Griechenland und von Schalke! Das sind meine beiden großen Leidenschaften. Außerdem mag ich Otto Rehhagel, der ist ja vor ein paar Jahren Fußball-Europameister in Griechenland geworden.«

»Otto find ich gut. Was der damals als Trainer in Bayern geleistet hat, war schon phänomenal.« Henner kennt sich wirklich zu jedem Thema aus, aber diesmal nervt er Ruth damit, die sich jetzt beschwert: »Leute, das ist nicht euer Ernst. Wir wollen uns doch nicht den ganzen Abend über Fußball unterhalten, oder?«

»Nächste Saison bekommen die Schalker einen neuen Trainer, wie ihr vielleicht mitgekriegt habt: Felix Magath hat bei Schalke unterschrieben, das ist für mich auch einer der Größten. Dann wird Felix auf Schalke Deutscher Meister. Dann können sich die doofen Bayern echt warm anziehen.« Jockel zeigt sich von Ruths Beschwerde ziemlich unbeeindruckt, aber zu ihrem Ärger scheint sich jetzt auch Sven-René für dieses Thema zu erwärmen: »Wieso bist du als Hamburger eigentlich Schalke-Fan? Warst du da mal zum Freiluftlabern?«

»Ja genau, ich war mal bei einem Spiel in Gelsenkirchen, und es war

so eine unglaubliche Stimmung, das könnt ihr euch nicht vorstellen ...«
Versuchen die anderen Gäste auch gar nicht erst, und im Übrigen muss Jockel an dieser Stelle sein Lieblingsthema unterbrechen, um sich in Muttis Küche dem Hauptgericht zu widmen. Angelique stöhnt: »Fußballfans, die haben doch alle 'nen Sparren locker. Und ich frage mich auch, wen dieser Affe damit beeindrucken will!«

Kommentar von Ruth: »Ich war ja so glücklich über das Brot. Dieser *Ouzo* als Aperitif auf nüchternen Magen, also der hat mich fast umgehauen. Ich brauchte erst mal 'ne solide Grundlage, und der Salat und das *Tsatsiki* waren zwar überraschend lecker, aber das allein hätte es nicht gebracht. Nach dieser deftigen Vorspeise ist mir wieder wohler. Aber dass er da plötzlich anfing, mit seinen Fußballweisheiten rumzuprotzen, das war völlig daneben. Wenn der mir den Abend vermasseln will, muss er das sagen!«

Sie leiern Jockel den Schlüssel für dessen Einliegerwohnung aus dem Kreuz und gehen dort auf Streife. Angelique und Sven-René landen in Jockels Schlafzimmer, das mit einem Futonbett, einer Metallstange (ähnlich einer Kleiderstange in einem Kaufhaus) für Hosen, Jacken und Hemden und offenen schwarzen Metallregalen für T-Shirts und Wäsche eher spartanisch (hm, kamen die Spartaner nicht auch aus Griechenland?) eingerichtet ist.

»Tja, ist jetzt nicht so das Pralle, oder?«, brummt Sven-René, und Angelique springt für ihn in die Bresche: »Du, bevor wir umgezogen sind, habe ich mit dem Gedenken gespielt, meinen Mädels offene Kleiderablagen in die Zimmer zu stellen, damit die leichter Ordnung halten können. Jeder hat mir davon abgeraten, und heute bin ich froh, dass ich auf die anderen gehört habe: Das sind doch solche Staubfänger, da wischst du dich echt zu Tode ...«

Ruth und Henner haben derweil eine kleine Kemenate mit überraschend gut sortiertem Bücherregal entdeckt. Aber Henner entdeckt dort noch etwas anderes und schleift Ruth am Arm zu einem kleinen Tischfußballspiel: »Komm her, Mädel, Schalke gegen Bayern. Gib dein Bestes!«

»Henner, für so was bin ich zu blöd.« Aber Ruth lässt sich erweichen und tritt tapfer gegen den Fußballexperten an, gibt ihr Letztes – und verliert prompt fünf zu zwölf. Als sie hernach abgekämpft an ihrem jeweiligen Ende des kleinen Spielfeldes stehen, kommen Angelique und Sven-René kichernd ins Zimmer, und Henner winkt sie gebieterisch zu dem Tischfußballspiel:»Wachablösung, ihr jungen Spunde, ihr macht jetzt erst mal ein Match, damit ihr die Vorspeise wieder heruntertrimmt. Die Ruth und ich haben uns bereits wacker geschlagen und sehen uns hier mal ein wenig ausführlicher um …«

Indessen kämpft Jockel in Muttis Küche tapfer gegen die vegetarische *Mousaka* und die Lamm-… Pardon, und Schweine-*Souvlakis* an, wobei zumindest bei diesem Match noch nicht so ganz klar ist, wer den Kampf gewinnen wird.

Die *Mousaka* ist gar und kann aus dem Ofen, in handliche Würfel zerteilt, auf Tellern angerichtet und zur Abwechslung mit Zwiebelstreifen garniert werden. Die jungfräulich aufgespießten Lammsteaks sehen in der Pfanne ergeben ihrem Schicksal entgegen, und die Gesellen aus Schweinefleisch (»O Scheiße! Sven-René!«) fallen Jockel auch noch siedend heiß ein. Hat Mutti die auch mariniert oder nicht? Wahrscheinlich, aber vorsichtshalber wendet Jockel sie noch einmal in der aromatischen Tunke, streift die Marinade nach recht kurzer Zeit oberflächlich ab und befördert sie mit einiger Verspätung zu den jugendlichen Schafen in die Pfanne, wo sie prompt anbrennen, also wendet der perfekte Gastgeber sie hastig und dreht die Flamme kleiner.

»Revanche, Angelique! Der Sieg ist mein!« Sven-René lässt wie ein Wilder seine Fußballmännchen auf dem Tisch tanzen, aber Angelique pariert wagemutig: »Du kleiner Studiosus, dich mache ich heute noch alle! Komm, Sven-René, das ist mir zu blöd.«

Das hatten wir doch so ähnlich schon mal von Ruth. Die verlässt inzwischen die winzige, in weißem Kunststoff eingerichtete Küche und gesellt sich zu Henner ins Wohnzimmer. Henner ist tief beeindruckt von schwarzen Kunstleder-Sitzmöbeln, schwarzen offenen Kunststoffregalen und den von unzähligen verschiedenen Fußballtrikots zugehängten weißen Wänden. Eine überdimensionale Flagge von Schalke hängt vor dem Fenster und sperrt das ohnehin spärlich einflutende Tageslicht weitgehend nach draußen.

»Du, Henner, guck dir mal die Küche an; die ist so klein, wenn du dich da drinnen umdrehen willst, musst du vor die Tür gehen. Kein Wunder, dass Jockel sich lieber bei Mutti aufhält«, kommentiert Ruth fasziniert ihre Eindrücke. Aber noch faszinierter ist Henner von der Deko und Atmosphäre in Jockels Wohnzimmer. Er intoniert mit übertriebenem afroamerikanischen Dialekt: »Huy Suh … this is the heavy, heavy monstersong! Jockels Gruselkabinett, du, ehrlich!«

Nachdem wenig später ein erhitzter Sven-René eine erschöpfte Angelique bei dem Tischfußballspiel der Superlative mit elf zu acht bezwungen hat, finden sich die Dinnergäste an Muttis Esstisch wieder. Jockel und das Hauptgericht lassen noch auf sich warten, und Henner und Sven-René klopfen zart mit Messer und Gabel auf die griechisch-bayrisch weiß-blaue Tischdecke: »Wir haben Hunger, Hunger, Hunger, haben Hunger, Hunger, Hunger ...«

Da erscheint Jockel mit den ersten beiden Tellern mit *Souvlaki* und *Mousaka* und serviert diese gekonnt vor Angelique und Sven-René. Der schlaksige Student stupst mit dem Messer vorsichtig das Fleisch an. »Ich hatte doch gesagt, ich mag kein Lamm.«

»Das hier ist nie im Leben Lamm.« Angelique wirft einen Kennerblick auf ihren Teller. »Das sieht eher nach Schwein aus. Ich wette, das hat er verwechselt. Komm, wir tauschen.«

Ist schnell geschehen, schneller als Jockel die restlichen Teller serviert und den roten Retsina eingeschenkt hat. Andächtig probieren die Gäste die *Mousaka*. Und das Fleisch. Sven-René sticht seines prüfend an. Blutiger Saft ergießt sich über den Teller, und er schluckt trocken. »Jockel, wenn es dir nichts ausmacht ... Ich mag das Fleisch nicht gerne rosa.«

»Natürlich.« Mit jetzt doch einigermaßen rotem Kopf springt Jockel erneut auf, zieht Sven-René den Teller weg und verfügt sich damit in die Küche. Und die Gäste sitzen da wie die begossenen Pudel. Da Jockel Fleisch *und* Beilage zusammen auf *einem* Teller angerichtet hat, hat Sven-René jetzt gar nichts zu essen vor sich stehen, und die anderen Gäste haben die Qual der Wahl: Ohne Jockel und Sven-René weiterzuessen wäre unhöflich, aber während sie warten, werden das Fleisch und der vegetarische Auflauf immer kälter. Eine unangenehme Situation, und alle sind erleichtert, als Jockel mit dem verbleibenden Teller wieder zurückkommt.

Kommentar von Sven-René: »Tut mir leid, wenn ich so ein Geschiss um das Fleisch gemacht habe. Das ist das Tolle an ostasiatischer Küche, das Fleisch wird vorher mariniert und genauso mundgerecht geschnitten wie das Gemüse. Also ist es *gar*, wenn es auf den Tisch kommt. Ich rechne es Jockel ja hoch an, dass er extra für mich Schweinefleisch zubereitet hat – dass er es versehentlich Angelique serviert hat, kann in der Aufregung passieren. Aber wenn ich etwas nicht leiden kann, dann ist das *blutiges* Fleisch, und was Jockel mir da kredenzt hat, das hätte ich beim besten Willen nicht runterkriegen können. Das war nicht rosa, das war fast noch lebendig, das sprang geradezu vom Teller!«

Wir ahnen schon, dass das Essen selbst, trotz Muttis eifriger Bemühungen, dieses Dinner vermutlich nicht mehr retten kann. Also versucht es Ruth mal wieder taktvoll mit Konversation: »Du, Jockel, was machst du eigentlich beruflich?«

»Ich bin Filialleiter bei Runner's Point in Wandsbek.« Jockel strahlt stolz in die Runde, und Henner, der wirklich bei jedem Thema mitreden kann, erläutert: »Super, ihr vertreibt Sportartikel, oder? Also hauptsächlich Textilien und speziell Sport- und Laufschuhe, ja?«

»Genau.« Aha, Jockel verfügt also außer über Fußball- noch über weitere interessante Kenntnisse. »Mit Sportschuhen kenne ich mich aus, das dürft ihr mir glauben. – Angelique, du isst gar nichts mehr, schmeckt es dir nicht?«

»Super, Jockel, aber ich muss Maß halten. Ich wette, in dieser Woche nehme ich fünf Kilo zu. Wenn du noch magst ...«, versichert sie halbherzig, und Jockel ist da ziemlich hemdsärmelig und tauscht mit Angelique den Teller. Aber jetzt hat sie ihrem Fan eine perfekte Angriffsfläche geboten, und Jockel erwidert lebhaft: »Das kannst du mit Sport wunderbar kompensieren. Wenn wir mal zusammen laufen würden ... Kommt natürlich darauf an, für welche Technik du dich entscheidest, ob du lieber Jogging oder Nordic Walking betreiben möchtest oder ...«

Angelique möchte offensichtlich mit Jockel weder das eine noch das andere betreiben, und er selbst tut angesichts seiner massigen Statur vermutlich ebenfalls weder das eine noch das andere, aber sie greift mal wieder zu ihrem bewährten Schutzschild: »Du, für Sport habe ich einfach keine Zeit; ich bin echt ganz froh, wenn ich mal die Füße auf die Couch legen kann. Mein Tagesablauf ist nämlich ziemlich ausgefüllt mit meinem Job, meinen beiden Mäusen, und ich muss ja auch sonst immer so viel organisieren ...«

»Ja, aber Sport wäre da echt ein guter Ausgleich, und Laufen ist ein wahres Lebenselixier, wie mir meine Kunden immer wieder versichern. Und in Sachen Sportschuhe würde ich dich schon perfekt beraten. Also wenn du mich mal besuchen möchtest ...«, schwadroniert Jockel taktlos weiter. Angelique sieht sich hilflos zu Sven-René um, und der pariert sofort und unterbricht das Werbegespräch: »Eure Schuhe sind doch nicht ganz billig, oder?«

»Na, hochwertige Ware hat schon ihren Preis. Aber dir würde ich selbstverständlich Sonderkonditionen einräumen, Angelique, als Filialleiter habe ich natürlich die entsprechenden Kompetenzen.« Was Jockel da veranstaltet, geht nun plumper wirklich nicht mehr. Aber Angelique lässt sich davon nicht beeindrucken: »Wenn du zwei kleine Kinder hast, die andauernd neue Klamotten brauchen, überlegst du dir zweimal, ob du dein Geld für solchen Schickimicki ausgibst.«

»Wir führen auch sehr schöne Kinderschuhe. Also wenn du mit deinen Töchtern mal vorbeikommen möchtest ...«, unternimmt Jockel einen weiteren vergeblichen Balzversuch, aber dieses Match geht klar an Angelique: »Das kannst du vergessen, die wachsen so schnell aus ihren Schuhen raus, das lohnt sich gar nicht, dafür teures Geld auszugeben; meine Große ist gerade mal acht und hat jetzt schon Schuhgröße sechsunddreißig ...«

»Das Essen war gut, aber ich platze auch gleich«, versucht Ruth mal wieder einfühlsam das Thema zu wechseln und Jockels Weitblick auch auf die anderen Gäste zu lenken. Der fügt sich jetzt glücklicherweise: »Habt ihr aufgegessen? Möchte jemand einen *Ouzo*?«

Den Teller leer gegessen hat keiner, aber alle haben ihre Mahlzeit beendet ... falls das dasselbe ist, und in den Gastgeber selbst, der schon Angeliques restlicher Portion den Garaus gemacht hat, passt ebenfalls nichts mehr hinein. Sven-René und Angelique lehnen den *Ouzo* ab, die anderen kippen einen Verdauungsschnaps hinunter.

Kommentar von Ruth: »Also, eigentlich reichte mir der *Ouzo* zum Aperitif schon, aber nach diesem Hauptgericht brauchte ich einen Verteiler. Ich hatte das Gefühl, die *Mousaka* tanzte mir regelrecht im Magen herum. Ich mag sowieso keine Auberginen – das konnte Jockel natürlich nicht wissen. Aber ich glaube, er hat das Zeug zu früh aus dem Ofen genommen, das war dermaßen kalt und tranig, und dass wir mit dem Essen gewartet haben, während Jockel das Fleisch für Sven-René nachgebraten hat, machte es auch nicht besser.«

Es klingelt an der Haustür, und Jockel springt auf: »Oh, darf ich euch noch mal ins Wohnzimmer bitten? Ich habe nämlich noch eine Überraschung für euch. Das ist Kafi.«

Wenn Jockel Angelique nicht so permanent anbaggern würde, könnte man jetzt denken, er sei schwul, denn der kleine Grieche, den er ins Wohnzimmer führt, ist mädchenhaft hübsch, mit weichem dunklem Streichelhaar und meterlangen dichten Wimpern vor glühenden Kirschaugen. Er trägt eine *Bouzouki*, unter deren Gewicht er fast zusammenzubrechen scheint, und gibt jedem artig die Hand: »*Jia ssou, kalispera* ... Ich bin Kafi.«

»Kafidakis Panagiotis.« Jockel legt seinem Gast mit gebieterischer Geste die Hand an die Schulter, als präsentierte er einen Superstar, und deklamiert: »Seine Familie stammt von Kreta, aus Paläochora, um genau zu sein; das liegt im Südwesten der Insel in der Sfakía, einer Region, in der Blutrache noch an der Tagesordnung ist« (glauben ihm die Gäste aufs Wort: Kafi sieht wirklich aus, als ermorde er jede Woche einen weiteren Bewohner von Kreta, um seine Familienehre zu retten; übrigens ist Kafi in Hamburg geboren und aufgewachsen, nur seine Familie stammt aus der Sfakía, aber das braucht ja hier keiner so genau zu wissen ...), »und er wird uns jetzt den traditionellen Tanz seiner Heimat nahebringen: den *Sirtaki!*«

»Du weißt natürlich, dass der *Sirtaki* eine Erfindung aus Hollywood ist? Als Anthony Quinn für den Film *Alexis Sorbas* requiriert wurde, waren ihm die Schritte der echten kretischen Tänze zu kompliziert, und die Regie entwarf extra für ihn den *Sirtaki*, damit er in dem Film einen griechischen Tanz vorführen konnte.« Henner kann seine Binsenweisheiten mal wieder nicht für sich behalten. Aber Kafi sieht seinen Freund entschuldigend von der Seite an und grinst schüchtern: »Jockel, dein Gast hat recht. Das stimmt so, leider.«

Kommentar von Jockel: »Dass Henner einen immer so mit seinen besserwisserischen Sprüchen penetrieren muss, also das geht mir langsam auf die Nüsse!«

Er lässt sich aber seinen Ärger nicht anmerken, sondern fährt munter fort: »Jetzt haben wir alle gut gegessen« (nein), »jetzt werden wir unsere Kalorien bei echter griechischer Musik wieder heruntertrimmen.« (Haben die anderen Gäste bereits beim Tischfußballspiel und Jockel in Muttis Küche.) »Kafi, hau rein! Angelique, tanzen wir?«

»Es schifft ein Pferdchen vor Piräus, es liebet den Hafer ...«,

dichtet Sven-René aufgekratzt kurzerhand den Text von *Ein Schiff wird kommen* von Lale Andersen um, das Kafi sich jetzt langsam und scheppernd auf seiner *Bouzouki* zu intonieren anschickt. Jockel greift sich Angelique und Ruth und will mit ihnen *Sirtaki* tanzen. Als Erstes entwindet sich Angelique, Panik in den Augen: »Jockel, das ist mir echt zu blöd ...« (Haben wir das nicht heute bei dem Tischfußballmatch schon mal von ihr gehört?)

Auch Ruth entwindet sich Jockels besitzergreifender Hand und setzt sich solidarisch neben Angelique aufs Sofa. Schlussendlich tanzen Henner, Jockel und Sven-René eingehängt zu der immer wilder werdenden Musik von Kafi. Danach geht es weiter mit der Instrumentalausgabe von *Play Bouzouki*, und nach diesem schmissigen, wenn auch nicht original griechischen Lied sind die Männer noch abgekämpfter als zuvor sämtliche Tischfußballspieler. Den dritten Beitrag hören sich alle nur noch erschöpft auf dem Sofa sitzend an: *Rubylove* von Cat Stevens – allerdings auf Englisch:

»Ruby my love, you'll be my love, you'll be my sky above,
Ruby my light, you'll be my light, you'll be my day and night,
you'll be mine tonight ...«

Eine schöne Stimme hat Kafi, und Henner verkneift sich vorläufig die Bemerkung, dass es zu *Rubylove* auch einen sehr schönen griechischen Text gibt, den Kafi ja vielleicht authentischerweise hätte vortragen können ... Oder spricht dieser hübsche Bluträcher etwa gar kein Griechisch?

Kafi hat seinen Vortrag beendet, die Gäste applaudieren, und der kleine Grieche verabschiedet sich mit atemlosem Winken: »*Jia ssas, kalinichta!*«

Kommentar von Angelique: »Ich meine, Jockel ging mir während des Hauptgerichts schon so auf den Zeiger ... Aber das Gefummel bei diesem griechischen Tanz, das war dann echt die Krönung, das musste ich mir nicht geben! Das war 'n süßer Junge, und die Musik hätte ich echt genossen, aber Jockel, dieser Trampel, hat mir selbst das vermiest.«

Der letzte Kampf an diesem Abend wird gegen das Dessert aufgenommen. Die Gäste kämpfen sich zurück ins Esszimmer, und Jockel muss in Muttis Küche nur noch sein *Yaourti memeli* mit den bereits gerösteten Mandeln dekorieren, dann ist das Dessert servierbereit. Bleibt die Getränkefrage: *Retsina* möchte keiner mehr, *Ouzo* auch nicht, aber um diesem Dinner etwas entgegenzusetzen, müssen trotzdem härtere Geschütze aufgefahren werden. Henner traut sich zu der Frage: »Kannst du uns 'n Kaffee oder so was machen?«

»Möchtet ihr 'nen *Frappé*? *Métrio*?« Alle nicken dankbar. Ihnen ist egal, wie immer sich nennt, was Jockel zusammenzubrauen gedenkt, und schlürfen dankbar aus hohen Gläsern, was er ihnen serviert. Ruth versucht es erneut taktvoll mit leichter Konversation: »Du arbeitest im

Wandsbek Quarree, oder? Das ist doch schön, da kannst du ja hinspucken!«

»Tue ich auch, ich fahre mit dem Rad. Führerschein habe ich nicht«, erklärt Jockel, und Sven-René entrüstet sich: »Was, keinen Führerschein? Das ist geradezu exotisch heutzutage!«

»Ich hatte mal einen.« Eine weitere traurige Dinnergeschichte, diesmal von Jockel. »Aber ich habe den nach kurzer Zeit wieder abgegeben. Ich hatte vor zwanzig Jahren mal einen Autounfall, der mich ziemlich mitgenommen hat. Ich … ich hatte danach eine Angstpsychose entwickelt und konnte mich nicht mehr hinters Steuer setzen. Aber ich komme auch ohne Auto klar, in Hamburg geht doch alles mit Bus und Bahn, und wenn man mal ein Auto braucht, dann findet sich schon jemand, der einen fährt.«

»Wieso Angstpsychose, gab es Tote oder Verletzte?«, hakt Angelique erstaunt nach, und Jockel antwortet seltsam nachdrücklich: »Nein, natürlich nicht, nur Blechschaden. Ein Auto war hinterher Schrott. Aber es war auch so schrecklich genug. Na ja, ich habe es auch nicht leicht gehabt im Leben: Eigentlich wollte ich auch studieren, aber mein Vater ist so früh gestorben, also habe ich Industriekaufmann gelernt und gearbeitet, damit ein bisschen Geld ins Haus kam …«

Kommentar von Henner: »Jockel ist wirklich ein Weichei … Dieser angebliche *Frappé* war Pulverkaffee mit Zucker, Dosenmilch und Wasser, viel zu süß, obwohl wir ihn alle *métrio* wollten. Und nicht vernünftig umgerührt, ich hatte hinterher überall Kaffeekrümel zwischen den Zähnen. Und es ist so typisch Jockel, gleich wegen einem Schrottauto seinen Führerschein wieder abzugeben … falls die Geschichte so stimmt, irgendwas kam mir daran nämlich sehr eigenartig vor. Und natürlich hatte auch das böse Schicksal Schuld, dass der arme Junge nicht studieren konnte. Ich meine, wozu gibt es schließlich Stipendien?«

Auch der dritte Dinnerabend geht somit dem Ende entgegen und die Gäste nach Hause. Jockel nimmt Muttis Küche, die mittlerweile aussieht wie nach einem Bombenanschlag, in Augenschein und ist mit sich zufrieden: »Okay, es wurde nicht alles aufgegessen, aber ich hatte auch anständige Portionen serviert, nicht so übersichtliche wie gestern Sven-René. Es hat auch nicht jeder so einen gesegneten Appetit wie ich. Gemeckert hat jedenfalls keiner, also denke ich, dass ich ziemlich gut davor bin. Aber zu blöd, dass Angelique sich immer noch so ziert. Na, zwei Abende lang habe ich noch Gelegenheit, sie rumzukriegen …«

Und wie zufrieden sind die Gäste?

Ruth: »Das war gar nichts. Die Vorspeise schmeckte gut, aber das war auch kein Kunstwerk. Die *Mousaka* war kalt und fettig. Das Fleisch war okay, aber nicht besonders heiß. Das Dessert war lieblos ... Geschmeckt hätte es vielleicht trotzdem, aber die Mandeln waren so kalt und klebrig, als wenn er sie schon Stunden vorher geröstet hätte, das hat es mir verdorben. Es gab zu viel Alkohol. Ein griechischer Kaffee nach dem Essen wäre schön gewesen. Dieser lösliche Kaffee war echt kein Ersatz. Kafi hat mir gut gefallen, aber diese Tanznummer fand ich völlig unpassend. Fünf Punkte, mehr kann ich Jockel nicht geben.«

Henner: »Morgen lachen wir vielleicht darüber, aber das war kein perfektes Dinner, das war die perfekte Verarschung. Die Vorspeise war viel zu simpel. Das Hauptgericht ... in Griechenland gilt es ja als magenfreundlich, lauwarm zu essen, aber hier wird in griechischen Restaurants auch heiß serviert, und was Jockel da auf den Tisch gebracht hat, das war schon nicht mehr lauwarm, das war eher eiskalt. Und überall Zwiebeln dazu ... als Geschmacksträger finde ich sie in Maßen okay, aber roh und in diesen Mengen passten sie weder zu dem *Tsatsiki* noch zu der *Mousaka*. Das Dessert war mir ebenfalls viel zu schlicht gestrickt, aber das hätte man essen können, wenn die Mandeln nicht so klumpig gewesen wären. Die griechische Musik war eine hübsche Idee, aber ... Also vier Punkte für Jockel, mehr ist da nicht drin.«

Sven-René: »Da hat Jockel echt 'nen Bock geschossen. Griechisches Dinner geht gar nicht, viel zu wenig raffiniert. Die Vorspeise und das Dessert waren einfallslos, die *Mousaka* war nicht zu genießen, viel zu kalt und fettig ... Wahrscheinlich hatte ich als Einziger ein heißes Stück Fleisch auf dem Teller, nachdem Jockel es noch mal in die Pfanne gekriegt hat, und als Pluspunkt rechne ich ihm an, dass er daran gedacht hat, mir kein Lamm zu servieren. Die Nummer mit dem kleinen Griechen hat mir gut gefallen. Ohne Tanzeinlage wäre es noch besser gewesen, aber das hat Jockel sich natürlich so ausgedacht, damit er Angelique mal in den Arm nehmen kann, und das ging dann ja prompt nach hinten los. Ich gebe Jockel sechs Punkte.«

Angelique: »Jockel, das war echt 'n Schuss in 'n Ofen! Man hätte Weinblätter oder Fischrogen als Vorspeise servieren können ... Nee, Salat und *Tsatsiki*, fantasieloser geht es wirklich nicht mehr! Die *Mousaka* liegt mir immer noch im Magen, und das Fleisch wäre okay gewesen, wenn es denn heiß gewesen wäre – kaltes Lamm geht gar nicht! Der

Joghurt mit Honig war einfach nur zusammengeklatscht, aber essbar, die Mandeln habe ich liegen lassen. Das einzige Highlight war dieser schnuckelige griechische Junge, aber das mit dem Tanzen hätte man sich sparen können. Während der ganzen Tanzeinlage bei Jockel im Arm, das hätte dem wohl so gepasst! Für mich ist der Abend heute komplett durchgefallen. Vier Punkte.«

Zweimal vier, einmal fünf und einmal sechs Punkte macht 19 Punkte insgesamt, also nicht mal die Hälfte. So viel zum perfekten griechischen Dinner von Jockel.

Dieser klappt sein Handy ans Ohr und kommuniziert mit der Außenwelt: »Kafi? Alles gut. Wo bist du gerade, im *September*? Wer ist noch da, Bruno und Jens? Wie hat Schalke heute gespielt? Ach … dass ich aber auch gerade heute mit diesem Dinner dran sein musste! Kommen Gernot und seine Ische noch? HSV gegen Werder, okay. In einer halben Stunde bin ich da, bestell mir schon mal 'n Bier.«

Jockel klappt das Handy wieder zu, schlüpft in seine Gehsteigbeleidiger und begibt sich hinaus in die milde Nacht. Um den Bombenanschlag in der Küche kann sich Mutti schließlich morgen kümmern.

Samstag:
Im Polizeipräsidium

»Es war ein achtjähriger Junge«, erklärt Mutti. Die Beruhigungsspritze im Krankenhaus hat gewirkt, und Elgard Mickelsen hat bei der Polizei angerufen und gefragt, ob sie ihren Sohn noch einmal sehen kann. Dies wurde ihr gestattet, und sie ist mit einem Taxi ins gerichtsmedizinische Institut gefahren, um sich von Jockel zu verabschieden. Ypsilon hat den Leichnam indes wieder einigermaßen menschlich hergerichtet und das Laken nur vom Kopf heruntergezogen, aber trotzdem bricht Elgard Mickelsen gleich wieder in Tränen aus.

Inzwischen hat sie sich aber wieder gefasst. Sie hat zu viel mitgemacht, als dass sie sich vom Leben so einfach unterkriegen ließe. Jetzt sitzt sie mit Kommissar Friedhelm Bolle und Kommissaranwärter Max Thomas im Polizeipräsidium und ist imstande, deren Fragen zu beantworten. Diese sind zunächst allgemeiner Natur und beziehen sich auf den Toten selbst.

»Jochen hat es nicht leicht gehabt«, sagt sie leise. »Er war sechzehn, als mein Mann starb, und es war natürlich hart für ihn, so früh den Vater zu verlieren. Aber er war so ein guter Junge. Ach, meine Herren, Sie müssen diesen Verrückten finden, der das getan hat!«

»So schmerzlich das für Sie sein muss, Frau Mickelsen«, erklärt Friedhelm vorsichtig, »aber wir glauben nicht, dass es ein Verrückter war. Dazu war es zu gut vorbereitet: Jemand hat sich das Taxin vorsätzlich beschafft, denn dass jemand Eibengift zufällig mit sich herumträgt, ist sehr unwahrscheinlich. Hatte Ihr Sohn Feinde?«

»Feinde?« Elgard Mickelsen reagiert so aufgelöst wie jeder andere Zeuge, dem diese Frage gestellt wird. »Ich sagte doch, mein Junge war ein wunderbarer Mensch. Er hatte viele Freunde. Er war beliebt bei seinen Mitarbeitern und Kollegen. Er war immer für mich da. Nein, ich kann mir nicht vorstellen, wer das getan haben soll.«

»Kann er es selbst getan haben?« Die Frage ist heraus, bevor Max darüber nachdenkt, ob er sie stellen soll, aber Elgard Mickelsen schüttelt nur energisch den Kopf: »Niemals! So was hätte er seiner Mutter niemals angetan!« Hält Max eigentlich auch für unwahrscheinlich.

»Hatte er gestern Abend später noch eine andere Verabredung?«, hakt er weiter nach, aber sie zuckt die Achseln. »Weiß ich nicht. Er erzählt mir das nicht immer. Muss er auch nicht, er ist alt genug und kann machen, was er will.«

»Hat er irgendwas über die Dinnerabende erzählt?«, fährt Max fort, und sie antwortet mit kleinem traurigen Lächeln: »Dass es ihm nicht geschmeckt hat. Dabei war er eigentlich ein guter Esser und nicht sehr wählerisch. Aber in dieser Hinsicht habe ich ihn vielleicht ein bisschen zu sehr verwöhnt.«

»Über die Leute, die er dort getroffen hat? Denken Sie genau nach«, bittet Friedhelm, der sich eher weniger für das Essen interessiert. Das tut sie, mit angestrengt gerunzelter Stirn. »Nicht viel … über eine junge Frau, die ein wenig in ihn verliebt gewesen sein soll. Dabei ist sie verheiratet und hat zwei Kinder. Das ist doch ziemlich schamlos, oder?« (Das ist höchstens ein weiterer Beweis dafür, dass Jockel es mit der Wahrheit manchmal nicht so genau genommen hat, denken beide Polizisten gleichzeitig, denn von dieser Geschichte haben sie eine andere Version gehört, die ihnen von vier Personen recht einstimmig erzählt worden ist.) »Jockel hatte aber kein Interesse an ihr. Wenn er eine Frau hätte kennenlernen wollen, dann hätte er dazu genügend Gelegenheit gehabt. Aber er hat einfach nicht die Richtige gefunden. Er war in dieser Hinsicht auch recht anspruchsvoll.«

Friedhelm und Max halten es eher für möglich, dass vor Muttis Augen so schnell keine Frau Gnade gefunden hätte, aber das sagen sie natürlich nicht laut. Max fragt stattdessen: »Hat er erzählt, ob er mal Streit mit dieser Frau hatte?«

»Sie meinen, dass sie gekränkt war, weil er sie hat abblitzen lassen, und dass sie ihn deswegen … Erzählt hat er das zwar nicht, aber Sie haben recht, das wäre eine Möglichkeit. Sie müssen diese Person überprüfen!«, ereifert sich Elgard Mickelsen.

Niemand klärt Mutti darüber auf, dass es in Wirklichkeit umgekehrt gewesen ist. Friedhelm sagt nur knapp: »Das tun wir bereits; wir überprüfen alle Dinnergäste. Frau Mickelsen, eine andere Frage: War Ihr Sohn mal in einen Autounfall verwickelt, als er noch einen Führerschein hatte?«

Elgard sieht ihn verwirrt an: »Mein Junge hatte nie einen Führerschein. Er hat zweimal probiert, ihn zu machen – ihm ist zwischendurch mal das Geld ausgegangen, diese Fahrstunden sind ja wirklich so teuer –, und die theoretische Prüfung hat er im zweiten Anlauf bestanden. Durch die praktische Prüfung ist er beim ersten Mal durchgefallen, aber er wollte noch ein paar Fahrstunden nehmen und es noch mal probieren. Und dann lief ihm während einer Fahrstunde dieser Bengel vors Auto, ohne nach links und rechts zu gucken, er war plötzlich auf der Straße.«

Alarmiert blicken die beiden Beamten auf, Max zückt seinen Füllfederhalter, und Jockels Mutter fährt fort: »Jochen hat vor Schreck das Steuer herumgerissen, und der Wagen ist gegen einen Laternenpfahl geknallt. Der Fahrlehrer hat zwar gleich auf die Bremse getreten, aber es war zu spät, das ging alles so schnell. Der Wagen war völlig verzogen, Totalschaden, und der Fahrlehrer war stocksauer. Dem Kind ist aber nichts weiter passiert, der Bengel ist nur über sein Springseil gestolpert, hingefallen und hat sich das Knie aufgeschrammt. Und hat geflennt, er wollte nicht ins Krankenhaus. Die Anwohner haben erzählt, dass der Kleine schon öfter ohne zu gucken über die Straße marschiert ist, und einmal wurde er angefahren und kam mit einer Gehirnerschütterung ins Krankenhaus. Da wollte er selbstverständlich nicht wieder hin. Aber Jochen hat danach so eine Angst gehabt, er konnte sich nicht mehr ans Steuer setzen und hat die Idee mit dem Führerschein sofort aufgegeben. Er brauchte ja keinen, er kam ohne Auto klar.«

Wurde damals die Polizei gerufen?«, erkundigt sich Friedhelm, und sie nickt: »Ja sicher, schon wegen der Versicherung. Das Auto gehörte ja der Fahrschule.«

Mehr Zweckdienliches ist aus Elgard Mickelsen nicht herauszubekommen, aber da die Polizei diesen Unfall damals aufgenommen hatte, kann man die Geschichte von Lieschen Möller, der Assistentin des Kommissariats, wenigstens überprüfen lassen. Lieschen erledigt das gleich, auch sie hat heute Sonderschicht, und wenig später schiebt sie ihren üppigen Busen zur Tür herein und bestätigt sämtliche Angaben von Jockels Mutter.

»Ich glaube nicht, dass er eine Angstpsychose bekam. Ich glaube eher, dass unser guter Jockel mal wieder eine Blamage fürchtete, weil er die Führerscheinprüfung nicht gepackt hätte«, stellt Max zur Disposition. »Aber das traute er sich wohl nicht, den anderen Dinnergästen zu erzählen. Angstpsychose klingt natürlich interessanter. Welchen Zweck sollte diese dumme Lüge denn sonst haben?«

»Ich glaube, Sie haben völlig recht, Herr Kollege«, stimmt Friedhelm bedächtig zu. »Und ich glaube noch etwas anderes: Wenn etwas zu seinem Tod geführt hat, dann die Tatsache, dass der liebe Jockel öfter Gebrauch von solch kleinen blödsinnigen Lügen gemacht hat, einfach um sich in einem besseren Licht darzustellen oder sich nicht eingestehen zu müssen, dass er in Wirklichkeit nichts zuwege brachte. Zum Beispiel, dass er seiner Mutter erzählt hat, Angelique sei in ihn verliebt gewesen, während wir von vier Leuten gehört haben, dass er die ganze Zeit *sie* angebaggert hat, sie *ihn* aber nicht ausstehen konnte.«

»Heißt das, Sie verdächtigen Angelique?«, fragt Max, und Friedhelm erwidert nachdenklich: »Hm, Gift ist an sich eine Frauendomäne, also haben Ruth und Angelique bei mir die meisten Stimmen. Obwohl ich mir bei Ruth kein Motiv denken kann. Die Theorie mit dem Kind der Familie Dimic hat sich ja erledigt. Wir fangen wieder von vorn an.«

»Henner hat zwei Söhne, die ungefähr so alt sind wie der Junge damals, und Sven-René ist ebenfalls in dem Alter.« Dass diese These ziemlich lahm ist, merkt Max schon, während er sie ausspricht, und Friedhelm bügelt sie entsprechend ab: »Und wie wahrscheinlich ist die Tatsache, dass man einen Mord begeht, weil man vor zwanzig Jahren mal über sein Springseil gestolpert ist und sich das Knie aufgeschlagen hat?«

»Bolle, deine Freundin Maike ist am Telefon, sie fragt, ob sie mal vorbeikommen kann; ihr ist noch was eingefallen«, tönt Lieschens fröhliche Stimme aus dem Nebenzimmer, und Friedhelm winkt gebieterisch: »Soll herkommen. Unsere junge Kollegin hatte schon ein paar interessante Hinweise für uns, vielleicht kommt noch etwas Verwertbares dabei heraus. Die Hoffnung stirbt zuletzt.«

Wenig später sitzt Maike Sievert von der Gerichtsmedizin den beiden Beamten gegenüber, die meterlangen Beine übereinandergeschlagen und einen starken Kaffee mit Milch vor sich. »Bolle, du hast doch gesagt, ich soll mich melden, wenn mir noch was einfällt, was mir komisch vorkam. Und da war noch was Komisches.«

»Gestern?«, hakt Friedhelm nach. Maike schüttelt den Kopf: »Nein, am Abend davor, bei diesem älteren tollen Typen. Es ist so, zwischen Vorspeise und Hauptgericht ist der Gastgeber immer etwas länger in der Küche, weil das Hauptgericht meistens etwas zeitaufwändiger zuzubereiten ist. Die anderen Gäste durchstöbern derweil in Grüppchen die Wohnung. Manche sind da richtig ungeniert; ich habe schon gesehen, dass Schubladen mit Unterwäsche durchwühlt wurden. Aber das will ich gar nicht erzählen. Also vorgestern Abend waren Ruth und Sven-René zusammen in Henners Büro. Sie saß auf einem Sofa und blätterte in Fotoalben, das machte sie gern, und er saß am Schreibtisch und wühlte in irgendeinem Fach. Na ja ... sie kommentierte ihre Fotos und erzählte ihm eifrig was, aber ich hatte den Eindruck, er hörte ihr gar nicht zu. Er hatte eine Mappe vor sich liegen und starrte die an, und irgendwann merkte Ruth das wohl auch. Sie sagte seinen Namen, aber er reagierte zuerst gar nicht, dann sah er auf einmal auf wie ein ertappter Sünder und stopfte diese Mappe hastig wieder ins Fach.«

»Und das war alles?« Max ist enttäuscht. Maike zuckt die Achseln. »Das war alles. Mir kam Sven-René den Rest des Abends stiller vor als sonst. Aber das kann ich mir auch eingebildet haben, der Junge war sowieso nicht gerade ein Pausenclown.«

»Und wie passt Jockel dahinein? Schließlich wurde der ermordet und nicht Henner«, stellt Friedhelm sachlich fest.

Sie sieht ihn ein wenig von oben herab an. »Das müsst ihr auseinanderklamüsern. Ich habe euch nur erzählt, was mir aufgefallen ist.«

»Waren Jockel und Angelique zusammen unterwegs?«, erkundigt sich Max der Vollständigkeit halber und bietet *Lindt feine Täfelchen* an. Friedhelm und Maike lehnen ab, er nimmt sich ein Stück Schokolade, und Maike verzieht das Gesicht. »Ja, in Henners Spielzimmer, wenn ich so sagen darf. Das Übliche: Er wollte wieder an ihr rumgrabbeln, und sie war genervt.«

»Mal angenommen, Sven-René hat etwas Gravierendes über Henner herausgefunden ... wie bringt uns das weiter?« Max reckt wieder in seiner typischen Geste den Kopf in die Höhe.

Maike schlägt erregt mit der flachen Hand auf den Tisch: »Mal angenommen, Herr Max ... Sven-René muss sich jemandem mitteilen. Auf dem Heimweg bietet sich Jockel an, und der könnte versucht haben, Henner zu erpressen. Würde ich ihm jedenfalls zutrauen, er hat doch immer so über sein trauriges Dasein gejammert. Und er war gierig, beim Dinner hat er immer jemandem die Reste vom Teller geputzt oder die Gläser leer getrunken.«

»Bei Henner Kuhlborn hat in der Nacht gegen zwei Uhr jemand geklingelt«, erinnert sich Max, Maikes Fauxpas diesmal überhörend.

Die schüttelt zweifelnd den Kopf: »Haut nicht hin, um zwei weilte euer Kandidat bereits nicht mehr unter den Lebenden.«

»Herr Kuhlborn könnte eine andere Uhrzeit angegeben haben, um uns zu verwirren«, spinnt Friedhelm den Faden weiter. »Andererseits, warum erzählt er uns das überhaupt? Vielleicht haben Nachbarn jemanden bei ihm an der Tür gesehen und ihn darauf angesprochen. Nehmen wir also mal an, Jockel klingelt bei Henner, der lässt ihn herein, spendiert ihm einen Drink ...«

»... und versieht den mit Taxin, das er wie wir alle im Apothekerschrank rumliegen hat?«, fragt Maike zweifelnd. »Halte ich für zu weit hergeholt. Es sei denn, Jockel hat Henner schon vorher angesprochen. Schließlich war zwischen den beiden Dinnern noch ein ganzer Tag Zeit, da hätte man sich das Gift beschaffen können.«

Für einen Moment verfallen alle drei in kollektives Grübeln. Dann wendet sich Max an die beiden anderen: »Danke, dass Sie uns das erzählt haben, Frau Kollegin. Herr Kollege, was machen wir aus diesem Hinweis?«

»Wir machen aus diesem Hinweis«, versetzt Friedhelm mit bedächtiger Stimme, »das, was wir aus jedem Hinweis machen: Wir gehen ihm nach. Aber nicht mehr heute. Ich habe die Nase voll, I go home to Mama, und Sie, Herr Kollege, sollten dasselbe tun.«

»Werde ich auch, sonst sagt meine Frau demnächst wieder Sie zu mir, und meine Kinder haben Angst, weil ein fremder Mann in der Wohnung erscheint«, antwortet Max trocken. »Und morgen rufen wir Frau Vidakovic an, richtig?«

»Richtig. Und bitten sie, mit uns zusammen Herrn Kuhlborn einen Besuch abzustatten. Mal sehen, vielleicht kann sie diese ominöse Mappe identifizieren.«

Donnerstag: Henner
Una notte speziale

Das Menü:
*
Cannelloni alla Contessa
*
Arista Fiorentina mit Finocchi alla panna
*
Fragole alla Vesuviana mit Zabaione

»Willkommen in meiner Löwengrube«, begrüßt Henner mit seinem smarten Lächeln das Team von VOX an der Tür, und denen verschlägt es zunächst mal die Sprache. Ein feudales Haus an der Rothenbaumchaussee, ein üppig bewachsener Vorgarten, ein Jaguar in der Garage. Fußböden aus Landhausfliesen, Wände in zart getönten Weißfarben, Stuckleisten, Rosetten, Bordüren auf halber Zimmerhöhe. Antike italienische Möbel, überall lauern Panther und Leoparden beinahe lebensgroß aus Porzellan. Löwengrube, na klar, nomen est omen!

»Wenn man überhaupt ein perfektes mediterranes Dinner zubereiten kann«, Sven-René wirft einen anerkennenden Blick auf die Menüfolge, »dann ein italienisches. *Cannelloni alla Contessa* ... Wenn Henner die *Cannelloni* selber macht, kriegt er von mir richtig Punkte! Zutrauen würde ich es ihm, der macht keine halben Sachen.«

Er sitzt mit Ruth auf einer Bank an der Alster. Sie schaut ihm über die Schulter und gibt wohlwollende Geräusche von sich: »Das liest sich schon mal lecker. Was ist *Finocchi alla panna*, irgendwas mit Sahnesauce?«

»Fenchel? Aber das kann ich mir überhaupt nicht vorstellen.« Auch Sven-René, der sich wegen seines gastronomischen Elternhauses ein wenig auskennt, ist hier überfragt, und Ruth versichert nachdrücklich: »Eins schwöre ich dir, ab nächste Woche wird gefastet!«

Bei Henner geht alles etwas feiner zu. Der Einkauf wird in einem Feinkostgeschäft in Pöseldorf getätigt: Prosecco, Tomaten, Mozzarella, Basilikum, Knoblauch, Ricotta, Giabatta, Rosmarin, Fenchel, Prosciutto ... so schön klingt italienisch.

»Ich hatte einen Schweinerollbraten bestellt; und ich brauche noch

Hühnerbrust und Schweineschnitzel«, wendet Henner sich an die beschürzte Dame hinter der Fleischtheke. Diese beschafft alles zur Zufriedenheit des Kunden, und schon wandert das Fleisch zusammen mit den anderen edlen Zutaten in den Jaguar und verlässt das Einkaufsparadies.

»Was ist *Arista Fiorentina*? Ich kenne Aristoteles, das ist aber griechisch. Und ich kenne die Aristocats ... Was meinst du, essen die auch Katzen in Italien?« Jockel betrachtet die Menükarte eher skeptisch. Er sitzt neben Angelique auf dem Brunnen in der Spitalerstraße, beide nippen an einer Cola aus dem nahe gelegenen Burger King.

Angelique versetzt genervt: »*Arista Fiorentina* heißt *Das Beste aus Florenz*. Aber ich habe keine Ahnung, was Henner damit meint. Ich bin jedenfalls mal gespannt, das klingt alles sehr interessant.«

»Also, Mittelmeerküche ist für ein perfektes Dinner völlig ungeeignet.« (Richtig, Jockel, das hast du gestern Abend eindrucksvoll unter Beweis gestellt. Und was gab es am Montag bei Angelique? Jockel ist mal wieder hinreichend mit Fettnäpfchen gesegnet.) »Und was sind *Fragole alla Vesuviana*? Scharfe Bohnen? Bohnen zum Dessert??«

Jetzt muss sie doch lachen: »Du meinst *Fagioli*, das sind Bohnen; *Fragole* sind Erdbeeren. Aber du bist bestimmt nicht der Erste, der das verwechselt. Und *Zabaione* ... Hm, lecker!«

Ein riesiger Raum. Eine großzügige, mit allem ausgestattete Küche im Landhausstil, die offen in den Essbereich mit dem langen dunklen Holztisch übergeht, an den wiederum offen der Wohnbereich anschließt: mit bunten Sofas und Sesseln, offenen Regalen mit Büchern, CDs, Schallplatten und geballter Hifi-Elektronik, dann folgt der Wintergarten mit Rattanmöbeln und opulenter Bepflanzung. Henner befindet sich im erstgenannten Teil des Raumes, schöpft die vorbereiteten *Cannelloni* aus dem Topf und legt sie zum Trocknen auf ein Tuch, wiegt blanchierten Spinat, Hühner- und Schweinefleisch fein, vermischt alles mit *Ricotta* und Gewürzen und füllt die Teigwaren damit. Ab in die Auflaufform, das vorbereitete *Ragú alla Bolognese* darüber und aus der Schusslinie in den Ofen. Jetzt sticht Henner kleine Löcher in den Schweinebraten und verstopft sie wieder mit einer Farce aus Pfeffer, Salz, Rosmarin und Knoblauch. Er wäscht und schneidet Erdbeeren und mariniert sie mit Zucker, Zitronensaft und Wein ... Auch das Dessert kann aus der Schusslinie entfernt werden. Ab damit in den Kühlschrank!

»Wenn man überhaupt ein perfektes mediterranes Dinner anrichten kann, dann ein italienisches.« Diese Aussage hat Henner geklaut; haben wir dasselbe nicht vorhin schon mal von Sven-René gehört? »Ich liebe dieses Land, ich hatte da früher oft beruflich zu tun und habe dann immer das Angenehme mit dem Nützlichen verbunden. Am schönsten ist die Toskana. Diese riesigen gelben Felder in den *Crete Sienesi*, diese Zypressenalleen, diese ganzen mittelalterlichen Städte mit so klangvollen Namen wie *San Gimignano* oder *Abbaddia die San Salvatore* oder *San Quirico d'Orcia* ... das klingt doch wie Musik, oder? Ich mag auch die Sprache und die Musik, für mich sind Adriano Celentano und Angelo Branduardi einsame Spitze. Und die Küche natürlich! Die ist bodenständig und gleichzeitig fein, also die Gastronomie ist da überhaupt super. – Oh, da kommt die Floristin meines Vertrauens!«

Es klingelt ... Na ja, wie Henner bereits einmal bemerkte, es ist ja nicht verboten, sich helfen zu lassen. »Heidrun, mein Engel, komm herein, bring Glück herein!«

»Nimm mir lieber was ab«, keucht der Engel, eine Walküre, einen Kopf größer als er selbst, mit strohblondem langen Zopf und in den Armen eine Kiste mit allerlei floristischen Zutaten, auf der sie auch noch einen Tontopf mit einem fröhlich bunten Blumenstrauß geparkt hat. Galant nimmt er den Topf aus dem Karton und führt seine Floristin an den Esstisch. Henner hat gut vorgearbeitet: Ein weißer Schal ergießt sich von einem zum anderen Ende des Tisches, links und rechts davon liegen weiße Platzdecken; der Tisch ist mit dunkelbraunen Platztellern und bronzefarbenem Besteck eingedeckt, und die notwendigen Gläser sind ebenfalls platziert. Heidrun pfeift wohlwollend: »Klasse. Soll ich die Deko machen? Du kannst das wahrscheinlich genauso gut wie ich, aber bei mir geht es schneller.«

Dieses Angebot wird gern angenommen, und die Walküre verbringt zuerst den Tontopf mit den leuchtenden Mohn- und Kornblumen, Margeriten und Gräsern gegenüber vom Kopfende auf den Tisch, bevor sie mit flinken Bewegungen Oliven-, Lavendel- und Rosmarinzweige, trockene Maiskolben und Peperoni über den Schal ausbreitet. Henner sieht bewundernd zu.

»Super Mädel ... Trinken wir noch einen Prosecco zusammen, oder hast du keine Zeit?«, fordert er sie galant auf. Aber Heidrun appliziert ihm ein Küsschen auf die Wange und verabschiedet sich: »Ich hab die Hütte voll, mein Lieber ... Alles Gute heute Abend!«

»Dann gehe ich mal ins Bad und mache eine Art Mensch aus mir.« Bedauernd widmet Henner sich jetzt seinem eigenen Outfit. Als er in feldgrünem Edelpunk-Shirt und heller Edeljeans in der Küche seine Snacks aus dem Ofen geholt und die *Cannelloni* wieder hineingeschoben hat, klingelt es auch schon, und herein kommt Ruth in einem weich fallenden khakifarbenen Kleid und begrüßt ihn mit Küsschen: »Hallo-o, lieber Henner, herzlichen Dank für die Einladung!«

»Boah ey, Mädel, du hast dich ja richtig in Schale geschmissen. Womit habe ich das verdient?« Henner nimmt seinen ersten Gast freundschaftlich in den Arm. Da klingelt es erneut, und Sven-René in grauer Hose und fliederfarbenem Hemd mit gemusterter Krawatte und Jockel in roter Dreiviertelhose und schwarz-weißem T-Shirt (das wie ein Fußballtrikot aussieht, oder war diese Anmerkung jetzt überflüssig?) betreten das Haus. Henner legt beiden je einen Arm um die Schultern und hofft, dass sich die Begrüßungszeremonie diesmal nicht noch vertieft: »Burschen, auch ihr habt euch herausgeputzt. Jockel, du hast dir mit deinem Outfit ja richtig Mühe gegeben, was?«

Er geleitet seine Gäste durch den riesigen Allzweckraum hinaus in den Wintergarten, und auf dem Weg dahin geben diese diverse Ahs und Ohs von sich. Henner bietet ihnen Sitzplätze an: »Zum Warmwerden wollte ich euch einen Prosecco mit Aperol kredenzen; das kommt aus Venetien und nennt sich dort *Sprizz*. Äh, und damit der Aperitif leichter durch die Kehle rutscht, habe ich euch einige bescheidene *Primi piatti* dazugestellt ... aber wir sollten vielleicht noch auf Angelique warten, wo bleibt die denn eigentlich?«

Gute Frage. Ruth betrachtet sehnsüchtig die aus *Crostini Mozzarella*, *Bruschette* und *Prosciutto con melone* bestehenden *Primi piatti* und fügt sich tapfer: »Wir warten noch.«

Wir warten also, weitere fünf Minuten, dann nehmen sich alle einen Sprizz mit Orangenspalte und fallen mit schlecht verhohlener Gier über die Antipasti her. Henner hat langsam Angst, dass seine *Cannelloni alla Contessa* im Ofen mittlerweile zu *Cannelloni alla Secca* mutieren könnten, da klingelt es endlich, und herein stürmt eine atemlose Angelique, diesmal in schwarzem Seidenshirt und schwarz-rotem kurzen Rock und völlig durch den Wind. »'n Abend, Henner, entschuldige, aber unser Babysitter hat plötzlich abgesagt, und ich musste auf Plan B zurückgreifen, um meine Mädels ganz schnell anderweitig unterzubringen ... Ach, du ahnst gar nicht, was das manchmal für ein Chaos bei uns ist!«

»Angelique, du bist heute Abend so schön, wir verzeihen dir alles.« Henner lässt seinen ganzen Charme spielen, küsst sie auf die Wange und führt sie den anderen Gästen, dem Aperitif und den mittlerweile ziemlich dezimierten *Primi piatti* zu. In Wirklichkeit ist er ein wenig indigniert. Er reicht ihr ein Glas und deutet eine Verbeugung an. »So, ihr Lieben, labt euch an Speis und Trank, dann sucht euch da vorn in Ruhe einen Platz. Ich kümmere mich derweil um die Vorspeise.«

Kommentar von Sven-René: »Prosecco ist ja eigentlich eher 'n Frauengetränk, aber mit dem Aperol war das total erfrischend. Und die Hütte hat mich umgehauen. Diese antiken Möbel, gleichzeitig fein und rustikal, diese geballte Hightech, diese ganzen Porzellanviecher ... normalerweise würde es überladen wirken, aber hier passt es einfach.«

Kommentar von Ruth: »Normalerweise besteht ein italienisches Menü doch aus vier Gängen, und das hat Henner mit seinen Antipasti gut gelöst. Und lecker war das, ich hätte mich schon an diesen *Crostini* satt essen können. Die Tischdeko hat mir auch richtig, richtig gut gefallen, das war *Bella Italia*, perfekt!«

Kommentar von Henner: »Ich war 'n bisschen sauer auf Angelique. Jetzt wäre ich fast unter Zeitdruck geraten, und so was hasse ich. Wenn die das mit ihren Gören nicht auf die Reihe kriegt, dann darf sie solche Veranstaltungen nicht mitmachen.«

Aber die *Cannelloni* sehen gut aus, stellt er erleichtert fest: in kleinen Portionen auf Tellern angerichtet, je mit einer Mozzarellakugel, einer Cherrytomate und einigen Basilikumblättchen dekoriert, und ab damit auf den Tisch. »Mädels, haut rein: *Cannelloni nach Art der Gräfin!*«

Er serviert auch den Männern ihre Vorspeise, schiebt die *Arista* in den Ofen, serviert *San Pellegrino* und öffnet eine Flasche Weißwein: »Ist unter euch ein Weinkenner, möchte jemand probieren?«

»Ich«, opfert sich Jockel heroisch. Henner schenkt ihm einen Schluck ein, und der Weinkenner kippt das Zeug runter wie Essig und nickt gebieterisch. Jetzt kann Henner auch die anderen Gläser füllen und mit der Konversation beginnen: »Das ist ein *Est! Est!! Est!!! di Montefiascone*. Dazu gibt es eine hübsche Geschichte. Wollt ihr sie hören?«

Die Gäste nicken, und Henner erzählt: »*Est* ist italienisch und bedeutet so was wie *Das isses*. Und da war einmal ein adliger Herr, der wollte sich dort niederlassen, wo er den besten Wein bekommen konnte. Er schickte also seinen Diener durchs Land, damit der für ihn vorher verschiedene italienische Weine probiere. In dem kleinen Dorf Montefiascone im Latium stieß der Diener in einer bescheidenen Kneipe auf genau diesen Wein und war so begeistert davon, dass er, um nicht zu vergessen, wo er ihn getrunken hat, mit Kreide an die Kneipentür schrieb: *Das isser! Das isser!! Das isser!!!* – Guckt euch mal die Schreibweise mit den ganzen Ausrufezeichen an.«

»Und ist der Adlige nach Monifas... Dingsda ausgewandert?«, fragt Angelique mit leuchtenden Augen. Henner kann gut erzählen.

Der zuckt grinsend die Achseln: »Isser. Und hat sich totgesoffen an dem Zeug.« Die anderen kichern.

»Bist du eigentlich verheiratet oder so?«, will jetzt Sven-René wissen. Henner schüttelt den Kopf. »War ich. Sieben verflixte Jahre lang, dann haben wir uns getrennt. Nette Frau, ich habe immer noch freundschaftlichen Kontakt zu ihr. Zu meinen beiden Söhnen auch, die sind jetzt fünfundzwanzig und achtundzwanzig Jahre alt.«

»Ich finde diese ganzen Trennungen heutzutage so furchtbar. Für meine Mäuse wäre es bitter, wenn die sich sozusagen zwischen Mama und Papa entscheiden müssten«, meldet sich Angelique mal wieder mit ihrem Lieblingsthema zu Wort, und Ruth lenkt wieder ein: »Och, bevor man sich gegenseitig die Augen auskratzt ... Darunter leiden Kinder schließlich auch, und vielleicht ist ein Ende mit Schrecken da besser als ein Schrecken ohne Ende.«

»Jockel, morgen kriegen wir schönes Wetter, du hast ja schon so fein aufgegessen. Möchtest du noch ein paar *Cannelloni*?« Henner als aufmerksamer Gastgeber sieht so was natürlich. Jockel nickt mit gespielter Bescheidenheit und bekommt Nachschlag. Er schaufelt die weiteren *Cannelloni* in sich hinein und fragt mit vollem Mund: »Du hast also kein Mädel, oder?«

»Kein Mädel. Ich habe nach meiner Ehe lange mit einer Frau zusammengelebt, aber das ging vor ein paar Jahren auseinander. Mann soll eben aufhören, wenn's am schönsten ist«, erwidert Henner leichthin, und Jockel haut sofort in diese Kerbe: »Cool. Ich stehe auch nicht so auf feste Beziehungen, das ist doch heutzutage völlig out.«

»Das hat nichts mit in oder out zu tun, das muss einfach passen ... oder auch nicht. So, alles gut? Dann suche ich mal wieder mein Seelenheil in der Küche ... Schaut euch hier gerne ein wenig um, es ist alles ganz normal«, beschließt der Gastgeber den ersten (oder war das schon der zweite?) Gang des Menüs, bei dem heute nicht nur Jockel seinen Teller spiegelblank leer gegessen hat.

Kommentar von Angelique: »Henner ist so ein geiler Typ ... Er sieht gut aus, er hat ein tolles Haus – mein Mann ist ja Architekt, der kriegt

Tränen in die Augen, wenn ich ihm von diesem Schuppen erzähle –, er ist so witzig und charmant, und für diese *Cannelloni* würde ich mein Augenlicht geben. Und dann auch noch selbstgemacht! Na ja, wenn ich mehr Zeit hätte, würde ich so was vielleicht auch hinkriegen, aber als Mutter von zwei Kindern …«

Kommentar von Jockel: »Der Typ ist ein solcher Angeber, der bildet sich Wunder was ein auf seine Kohle und seine Luxuskemenate. Der Tisch mit diesem ganzen Grünzeug, war das jetzt italienisch oder was (oder bayrisch? Oder griechisch?)? Dieses Kujambelwasser als Aperitif war mir viel zu herb. Die Vorspeise … war essbar, aber der Brüller war's nicht in meinen Augen. Ich stehe nicht auf Teigwaren und so« (und so … und wieso wollte er dann Nachschlag haben?), »das war mir 'n bisschen zu vornehm und übersichtlich …«

Ruth und Sven-René gehen auf Streife und entdecken Henners Büro. Hier fühlen sie sich sofort wohl. Dieses Zimmer unterscheidet sich komplett von dem durchgestylten Rest des Hauses: ein wuchtiger gedrechselter Schreibtisch aus zerkratztem dunklen Holz mit unzähligen Türchen, Fächern und Laden, davor ein hoher Stuhl mit geschnitzter Lehne, der an einen Thron gemahnt. Ein durchgesessenes königsblaues Sofa. Ein massiver dunkler Schrank mit klobigen Füßen, Glasvitrine und furchterregenden geschnitzten Figuren im Holz, Regale voller Bücher, Mappen, Alben, Ablagekästen … eine wohnliche Rummeligkeit herrscht hier, und irgendwie ahnen beide, dass dies Henners Lieblingszimmer ist: Hier ist er Mensch, hier darf er sein.

»Der hat bestimmt 'n Geheimfach in diesem Sekretär.« Mit jungenhaft leuchtenden Augen setzt sich Sven-René auf den Thron, wühlt in diesem Fach und zieht jene Schublade auf. Ruth hat es sich auf dem wuchtigen Sofa bequem gemacht und geht ihrer Lieblingsbeschäftigung nach: Sie hat einen Stapel Fotoalben neben sich ausgebreitet und blättert sie andächtig durch. Segelboote, Segelyachten, luxuriöse Motoryachten in allen namhaften Häfen Europas. Ruth kriegt beim Stöbern feuchte Augen: »Punta Ala … das muss in Italien sein. Chania, Kreta … da waren wir mal im Urlaub. Monte Carlo … Wo liegt Port d'Alcudia?«

»Mallorca«, antwortet Sven-René automatisch. Er hat eine Art in braunes Kunstleder gebundene Mappe vor sich liegen und blättert sie flüchtig durch. Auch Ruth blättert und schwärmt weiter: »Kennst du *Aloa he*, dieses Lied von Achim Reichel?

> Ich hab die ganze Welt gesehn, von Singapur bis Aberdeen,
> Doch wenn ihr mich fragt, wo's am schönsten war,
> dann würd ich sagen: Sansibar.

Das passt zu Henner, findest du nicht?« Keine Antwort, und Ruth summt weiter:

> »In den Booten saßen Männer und Frauen,
> ihre Leiber, sie glänzten in der Sonne ...

... hier, der Yachthafen von Porto Cristo, auch Mallorca. Und Agia Galini, wieder Kreta. Man kriegt so Fernweh bei diesen Bildern, nicht, Sven-René?« Er reagiert nicht, und sie sieht mit milder Verwunderung von ihrem Fotoalbum auf. »Sven-René?«

Er starrt auf irgendwas in seiner aufgeklappten Mappe. Als sie ihn anspricht, zuckt er ein wenig zusammen, schließt die Mappe wieder und steckt sie hastig in ein Fach zwischen andere Unterlagen. Dann schlendert er zu Ruth hinüber, legt ihr mit freundschaftlicher Geste die Hand auf die Schulter und sagt: »Ich denke auch, Henner ist ganz schön rumgekommen. Lass mal sehen ... *Buenos días*, wie der Spanier zu sagen pflegt, *schöne Fotos* ...«

»Ja leck mich am Arsch, was ist denn das für eine Lasterhöhle?« Jockel fallen fast die Augen aus dem Kopf. Offensichtlich haben er und Angelique ein weiteres Lieblingszimmer von Henner entdeckt: ein wuchtiger venezianischer Spiegel an der Wand. Eine Rattankommode darunter, die Zoobewohner darauf sind wesentlich kleiner als die Kameraden im Wohnzimmer, aber ebenso aus Porzellan und liebevoll gearbeitet. Eine Art riesiger Diwan mit einem Zebrafell darauf. Eine Gitarre lehnt an der Wand, ein Schlagzeug, ein Keyboard. Angelique hüpft mit den Knien auf die Spielwiese: »Glaubst du, Henner spielt in einer Band oder so was?«

»Von dem glaube ich so langsam alles.« Jockel schleicht sich von hinten an die ahnungslose Angelique heran. Plötzlich packt er sie um die Taille, lässt sich mit ihr aufs Bett fallen und vergräbt das Gesicht in ihrem weichen dunklen Haar zwischen Hals und Schulter. »Jetzt hab ich dich, meine Zaubermaus, jetzt entkommst du mir nicht mehr!«

Das sieht Angelique ein wenig anders: Blanken Abscheu in den Augen, entwindet sie sich seinem Klammergriff und springt wie von der

Tarantel gestochen wieder auf den Boden der Tatsachen zurück, haut ihm mit der Faust gegen das Schienbein und zischt aufgebracht: »Jockel, ich habe dir schon mal gesagt, du sollst deine Pfoten von mir lassen! Du bist echt nicht meine Tasse Tee!«, und verlässt schimpfend das Zimmer. »Echt nicht!«

Sie ist immer noch wütend, als sie sich mit den anderen Gästen wieder an den Esstisch begibt. Henner hat derweil in der Küche den Fenchel geputzt, geviertelt und blanchiert. Während sich das wehrlose Gemüse nun in Butter, Sahne und Parmesankäse weichkochen lässt, schneidet er die *Arista* in Scheiben, richtet sie auf Tellern an und gibt ein wenig Knoblauch-Rosmarin-Sauce und die im Ofen kross mitgeschmorten Kartoffelstücke dazu; den *Finocchi* mit ein wenig *Panna* daneben arrangiert, etwas Fenchelgrün darüber, ein blühender Rosmarinzweig dekorativ in die Ecke, und das Hauptgericht ist servierbereit. Dazu gibt's *Montepulciano d'Abruzzo* und *San Pellegrino.*

»Jockel und ich waren in so 'ner Art Spielzimmer von dir, mit lauter Musikinstrumenten. Machst du Musik?« Bei Angelique siegt jetzt die Neugier über die Wut auf Jockels brutale Attacke, und Henner erzählt: »Ich habe vor dreißig Jahren mal in einer Band gespielt. Nix Dolles, mit den Beatles konnten wir es wahrhaftig nicht aufnehmen, aber wir waren immerhin im Starclub und in Liverpool. Haben uns aber ziemlich schnell in die Haare gekriegt. Einer von den Jungs ist jetzt Musikproduzent, einer ist tot und einer ist Eventmanager und hat mit Musik gar nichts mehr auf der Pfanne. Ich spiele ab und zu noch mal mit Freunden. Aber nur hobbymäßig, nichts Professionelles. Mich entspannt das.«

»Glaube ich dir.« Ruth, die während des Essens genießerisch die Augen verdreht und wohlige Geräusche von sich gibt, erwidert: »Ich selber bin total unmusikalisch – ich singe gerne, ich habe früher meiner Tochter vorgesungen, aber die hat immer eine Flunsch gezogen, also ist das mit meiner Stimme wohl nicht so toll – aber Freunde von uns, Mladan und Vedrana aus Serbien, machen auch Musik, rein als Hobby. Sie finden Trost darin.«

»Wieso Trost?«, fragt Sven-René. Ruth seufzt, als tue es ihr leid, dass sie das Thema überhaupt angeschnitten hat. »Es ist so eine traurige Geschichte, wollt ihr sie trotzdem hören?«

Klar doch. Bei jedem Dinner hat jemand eine traurige Geschichte frei, und heute hat Ruth das große Los gezogen. Die Gäste nicken gespannt, denn auch Ruth kann schön erzählen. »Sie haben ein Kind verloren, und das ist wahrscheinlich das Schlimmste, was einem passieren kann. Angelique, wenn ich aufhören soll, musst du das sagen. – Nein? Also, sie waren mit ihrem Sohn Stefan, der war damals fünf, im Auto unterwegs, an einem Sommertag auf dem Land, auf gerader Strecke. Und plötzlich kam ihnen ein Auto entgegen, irgendein Idiot, der meinte, in halsbrecherischer Manier einen Roller, einen Trecker und was weiß ich noch alles gleichzeitig überholen zu müssen. Mladan hatte keine Chance: Er riss das Steuer herum, der Wagen schoss wie ein Katapult über einen Graben und überschlug sich auf einer Wiese. Das Auto war so verbeult; als die Feuerwehrleute es aufgeschweißt hatten, dachten sie, da spazieren drei Englein raus.«

»Aber du sagtest, ein Kind …«, unterbricht Jockel sie verständnislos, und Ruth erzählt mit gesenktem Kopf weiter: »Stefan und Mladan hatten nicht eine Schramme. Aber Vedrana war im sechsten Monat schwanger. Sie wussten, dass es ein Mädchen sein würde. Vedrana hatte sich eine Tochter gewünscht, und Stefan hatte sich schon so auf ein Schwesterchen gefreut … Also, sie hat das Kind verloren. Und konnte danach keine Kinder mehr bekommen. Sie ist heute noch nicht richtig darüber hinweg.«

Angelique und Sven-René sehen aus, als würden sie gleich zu weinen anfangen. Jockel, der seinen Teller mal wieder bis zur perfekten Neige geleert hat, rettet mit gewohnter Taktlosigkeit den etwas traurig gewordenen Abend: »Magst du nicht mehr, Ruth?«

»Henner, mein Lieber, das war zweifellos das Beste, was ich seit Langem gegessen habe. Aber ich habe bei den *Primi piatti* schon so zugeschlagen, und wenn ich noch Platz lassen soll für das Dessert, muss ich irgendwo Abstriche machen. Manchmal soll man aufhören, wenn's am schönsten ist, wie heute ein charmanter Gastgeber gesagt hat.« Ruth schafft mal wieder drei Dinge gleichzeitig: strahlt Henner an, strahlt Jockel an und tauscht mit diesem den Teller: »Bitte, lieber Jockel, das wäre wirklich zu schade für die Tonne.«

»Mein Gott, ein Kind auf diese Weise zu verlieren …« Angelique ist immer noch erschüttert. Jockel fällt wie ein Verhungernder über eine verbliebene Ecke Fleisch und zwei Fenchelspalten her und wendet sich an Henner: »Und wozu hast du dieses … Bett in deinem Hobbyraum?«

»Na, um da Frauen zu vergewaltigen, oder was hast du gedacht?«, pariert Henner trocken. Aber diesmal lachen die Tischnachbarn eher wie Fohlen mit geschlossenen Zähnen, und er ahnt, dass Angelique dieses Thema unangenehm ist: Anscheinend hat sie auf diesem … Bett eine etwas verstörende Szene mit Jockel erlebt. Jetzt aber bietet eben dieser die Gelegenheit, dem Abend wieder eine fröhliche Wendung zu geben: Tief in Gedanken versunken fährt er mit dem Finger durch einen Rest Sahnesauce auf Ruths jetzt auch blankgefuttertem Teller und schleckt ihn ungeniert ab, und Henner strahlt ihn an: »Mach weiter, lieber Jockel, dann muss ich diesen Teller wenigstens nicht mehr abwaschen.«

Jetzt brüllt die ganze Runde doch vor Lachen, während Jockel sich mit feuerrotem Kopf einen Klecks Sahne aus dem Mundwinkel tupft und Sven-René einen Klecks Rotwein auf den blütenweißen Schal verschüttet, und in diesem Augenblick klingelt es an der Haustür.

Kommentar von Ruth: »Es tat mir richtig weh, Jockel den Rest von meinem Teller zu überlassen – das war fast wie Perlen vor die Säue werfen –, aber ich bin fast geplatzt. Das hat wunderbar geschmeckt, das Fleisch war so zart und aromatisch, das erinnerte mich an Sonne und Meer und Mandolinenklänge und Zypressenhaine. Und für den Fenchel in Sahnesauce muss mir Henner unbedingt das Rezept geben. Das war eine Überraschung, total lecker!«

Kommentar von Jockel: »Also, italienisch heißt für mich Spaghetti und Pizza ... was ich beides, nebenbei bemerkt, nicht essen würde« (natürlich nicht, Jockel, du bist schließlich ein anspruchsvoller Esser), »aber mir einen Schweinebraten mit Kartoffeln und Gemüse als authentisch italienisch andrehen zu wollen, das war ja wohl eine Quadratverarschung. Fenchel mag ich sowieso nicht, so was geht als Tee gegen Bauchweh, aber nicht als Gemüse.« (Ah ja, und warum hat er Ruths Teller leer gegessen und die Sauce mit dem Finger aufgeleckt?) »Da sind mit Muttis Rinderrouladen mit Salzkartoffeln und Rotkohl echt lieber.«

»Ich habe von meinen Vorgängern gelernt und ebenfalls für eine Unterhaltungseinlage gesorgt.« Henner bittet seine Gäste mit gewohntem Charme ins Wohnzimmer, während er den Besuch hereinlässt. Hierbei handelt es sich um ein finsteres, ungeschlachtes Mannsbild mit strähniger rötlich brauner Mähne in ausgeleiertem T-Shirt und verwaschener Jeans mit einer riesigen Gitarre und eine kleine milchschokoladenbraune Schönheit mit glühenden dunklen Augen, auf den Rücken fallenden, tiefschwarzen krausen Locken, prächtigen weißen Zähnen und einem weißen Minikleid, dass die schönen braunen Beine formvollendet zur Geltung bringt. Sven-Renés Augen leuchten verliebt auf, und die neu Angekommenen grüßen lebhaft: »*Salve!*«

Henner übernimmt galant die Vorstellung: »Das ist Pasquale aus Cortona, einer kleinen Kulturhochburg in der Toskana. Und das ist Harnet, in Eritrea geboren, aber so wie viele Eritreer nach Italien ausgewandert. Sie ist in Assisi aufgewachsen und hat in Perugia studiert. Über den ersten musikalischen Beitrag meiner beiden neuen Gäste muss ich nichts sagen: Das dürfte ein Selbstgänger sein.«

Ist es, die Gäste sitzen da mit offenem Mund und Nase: Volltönend stimmt Pasquale seine Gitarre an, voll und rau gesellt sich seine Stimme dazu, und glockenhell schmetternd assistiert ihm Harnet zu einem sehr bekannten Lied von Adriano Celentano:

»Una festa sui prati, una bella companía,
panini vino sa cosí risate …«

Die Gäste sind begeistert, vor allem weil Pasquale original wie Adriano Celentano klingt. Aber jetzt liefert Harnet ein Meisterwerk, indem sie Alices *Messagio* so eindrucksvoll präsentiert, dass Angelique darin sofort ihre persönliche Wut auf Jockel wiederfindet: Die ungefähr eins sechzig große Milchschokoladene steht breitbeinig und mit dräuend ausgestrecktem Arm, runzelt finster die Stirn, und ihre helle Stimme gewinnt derartig an Volumen, dass sie bis Barmbek zu hören sein muss:

»Domani, stasera, ti lasció un messaggio domani!
Adesso ti scrivo cosí: vai vía dalla mia vita, basta!
Non voglio patrone con te …«

»Ich weiß nicht, wer von euch noch Angelo Branduardi kennt, den Teufelsgeiger aus Mailand«, kündigt Henner den dritten Beitrag an. »Der hat ein Verkaufsgespräch über Früchte zwischen einem Händler und einem Kunden auf dem Marktplatz vertont, und das führen uns die beiden jetzt mal vor. Das Lied heißt *Frutta* – Obst.«

Zarte Klänge von der Gitarre, dann ein feuriger musikalischer Schlagabtausch zwischen Harnet und Pasquale:

»Cosa mi vendi, che cos' hai?«
»Io vendo tutto quel che ho.«
»Fammi vedere che cos' hai …«

Nach dieser Schlussdarbietung applaudieren die Gäste stürmisch und mit leuchtenden Augen, und Pasquale und Harnet verabschieden sich fröhlich winkend: »*Arrivederci, buona notte.*«

Kommentar von Angelique: »Erst habe ich gedacht: Was ist denn das für ein Bauer? Dann hat er den Mund aufgemacht, und ich musste mich erst mal gerade hinsetzen: Der Typ war original Adriano Celentano. Wenn der gesungen hat, hast du vergessen, wie er aussieht. Oberaffengeil! Und sie war so klasse mit diesem Lied, in dem sie ihrem Kerl den Laufpass gegeben hat, das hat mich echt total wiederaufgebaut. Ich war vorher direkt 'n bisschen fertig, als Jockel mich da aufs Bett gezerrt hat ... Dieses Ekelpaket, der ist echt nicht meine Tasse Tee ...«

Kommentar von Sven-René: »*Una festa sui prati* passt zu Henner und zu dem Abend heute. Angelo Branduardi erinnert an Räucherstäbchen, Tee und Kerzenschein. Aber der Hut obendrauf war diese kleine Schoko ... So ein hübsches Geschöpf! Und eine Stimme hatte die, damit konnte die ja Gläser in Scherben zerhauen! Ich muss Henner mal fragen, ob die Braut schon vergeben ist. Aber so hübsch wie die ist, rechne ich mir da wenig Chancen aus. Na ja ... Harnet und ich wären aber auch ein kurioses Pärchen, genauso zum Brüllen wie Denez und Süa Tü ...«

Fehlt noch das Dessert: Henner hat bereits die *Zabaione* mit Wein und Gelatine verrührt und im Kühlschrank verwahrt. Jetzt stürzt er den Schaum auf kleine Teller, gibt von den ebenfalls vorbereiteten *Fragole alla Vesuviana* darüber und krönt jedes Ensemble mit einer frischen Erdbeere mit Grün. Dann serviert er die Teller und fragt: »Wer möchte was für einen Kaffee dazu?«

»Hast du auch Cappuccino?«, bittet Jockel. Klar, er ist ja ein Süßer. Henner grinst: »Würden Italiener nur zum Frühstück trinken, aber sicher, du kannst einen bekommen.«

Die Kaffeewünsche sind vielfältig, aber Henner schafft auch das problemlos und serviert Jockel seinen Cappuccino, Sven-René einen Cafè Latte, Angelique eine Latte macchiato, Ruth einen Espresso macchiato und sich selbst einen Espresso. »Möchte jemand einen Grappa dazu?«

»Das passt jetzt«, findet Ruth nachdrücklich, und Henner schenkt ein. Jockel kippt den Schnaps runter wie Wasser, die anderen lassen die scharfe Flüssigkeit andächtig über die Zunge rollen. Nur Angelique nippt vorsichtig an ihrem Glas, stellt es wieder ab und verzieht das Gesicht. »Puh, das ist mir zu stark.«

»Darf ich? Küsschen auf Umwegen?« Und bevor sie den Mund aufmachen kann, hat er sich ihr Glas geschnappt und auch ihren Grappa vernichtet. Angelique holt tief Luft, seufzt dann aber nur noch resigniert: »Jockel, du bist unmöglich!«

So geht auch der vorletzte Dinnerabend ins Land und die Gäste nach Hause. Henner spült die Teller in der Küche unterm Wasserhahn vor – viele Reste sind ohnehin nicht mehr darauf –, räumt die Spülmaschine ein und stellt sie an. Und bemerkt schlicht: »So, morgen ist auch noch ein Tag. Ich bin zufrieden. Und ich glaube, die Gäste waren es auch.«

Ja, waren die Gäste zufrieden?

Sven-René: »Das war schon ziemlich perfekt, da harmonierte alles: die Deko, das Essen, die Getränke. Und wenn das nicht perfekt gewesen wäre, hätte Harnet für mich heute auf jeden Fall alles rausgehauen, in die habe ich mich richtig verliebt. Na, und Henner ist natürlich auch ein perfekter Gastgeber, bei dem sitzt jeder Handgriff. Er ist lustig, gebildet, aufmerksam ... vielleicht ein bisschen zu perfekt« (ach so, ein zu perfektes Dinner, so was gibt es auch?), »ein bisschen zu zweihundertprozentig. Ich gebe Henner neun Punkte.«

Angelique: »Mir hat die Deko und die Musik super gefallen. Das Essen war okay, aber mir nicht italienisch genug. Und sehr gehaltvoll. Natürlich war es aufwändig, und er hat sich richtig viel Arbeit gemacht ... aber er hat ja auch die Zeit dazu. Ich könnte so was gar nicht, ich habe viel zu viel um die Ohren. Na ja, Henner kriegt von mir acht Punkte.«

Jockel: »Also, italienisch ist sowieso nicht mein Ding, aber das war ja in Wirklichkeit auch kein italienisches Menü« (hätte es dann *doch* besser geschmeckt?), »das war viel Lärm um nichts, einfallslose Hausmannskost.« (Aber das kennt er doch von Mutti? Und wieso hat er sich dann Nachschlag geben lassen und Ruth den Teller leer geputzt?) »Dieses italienische Pärchen war ganz okay, aber die Musik war nicht so meins. Die Hütte war ganz nett, so was würde mir auch gefallen. Also, sieben Punkte für Henner, mehr ist bei mir nicht drin.«

Ruth: »In meinen Augen hat Henner das perfekte Dinner gemacht. Da stimmte alles, die Deko war schön, das Essen war oberlecker, die Getränke dazu stimmten, die Musik hat mir super gefallen, und als Gastgeber ist Henner einsame Spitze! Zehn Punkte für Henner. So, und ab morgen wird gefastet!« Hastig verbessert sie sich: »Verzeihung, ab übermorgen natürlich.«

Also, neun plus acht plus sieben plus zehn macht insgesamt rein rechnerisch 34 Punkte, und damit geht Henner an diesem Abend in Führung.

Und in die Badewanne, mit duftendem Badeschaum und einem wohlverdienten Glas Rotwein – und aus dem CD-Player, den er selbstverständlich auch im Badezimmer stehen hat, *Vado via* von Drupi:

»Vado vía, casa tua più non c'è ...«

Sonntag:
Lokaltermin bei Henner

»Was wollen Sie denn schon wieder?« Ruth Vidakovic hat es sich nach dem Frühstück mit einem weiteren Becher Kaffee auf dem Sofa im Wohnzimmer gemütlich gemacht und guckt auf Videotext die Fünf-Tage-Wettervorhersage, als Kommissar Friedhelm Bolle und Kommissaranwärter Max Thomas am Sonntagvormittag bei ihr an der Wohnungstür klingeln. Friedhelm entschuldigt sich: »Tut uns leid, dass wir Sie am Sonntag stören müssen, Frau Vidakovic, aber wir brauchen noch mal Ihre Hilfe.«

»Möchten Sie 'nen Kaffee, wenn Sie schon mal da sind?«, bietet Ruth höflich an und führt die beiden Männer ins Wohnzimmer. Das Angebot wird dankend angenommen, und sie holt zwei Becher Kaffee aus der Küche und stellt Milch und Zucker dazu. Max bedient sich von beidem großzügig und erklärt: »Wir möchten Sie bitten, zusammen mit uns Herrn Kuhlborn einen Besuch abzustatten.«

»Henner? Was wollen Sie denn von dem?« Ruth ist erstaunt, und Friedhelm antwortet bedächtig: »Sie sollen für uns etwas identifizieren. Frau Vidakovic, stimmt es, dass Sie und Herr Meise am Donnerstagabend in Herrn Kuhlborns Büro waren?«

»Woher wissen Sie das denn?« Ruth ist jetzt noch erstaunter, und Max riskiert einen matten Scherz: »Dafür sind wir Polizisten. Wir wissen so was.«

»Höchst schade, dass Sie nicht auch wissen, wer den armen Jockel ermordet hat«, versetzt sie ein wenig sarkastisch, aber Friedhelm lässt sich nicht aus der Ruhe bringen: »Das versuchen wir ja herauszufinden. Und Sie können uns dabei helfen, indem Sie uns erzählen, was in Herrn Kuhlborns Büro vorgefallen ist.«

»Vorgefallen … Ich habe in Fotoalben geblättert. Schöne Bilder, Boote in verschiedenen Häfen Europas. Und Sven-René hat in Henners Schreibtisch gestöbert und sich irgendwelche Unterlagen angeguckt, glaube ich. Ich habe nicht so genau darauf geachtet.«

»Hat Sven-René einmal merkwürdig reagiert? So als sei er völlig in Gedanken?«

Sie runzelt nachdenklich die Stirn: »Jetzt, wo Sie das sagen … Ich habe geredet, aber ich hatte den Eindruck, als höre er mir gar nicht zu. Er war ganz vertieft in irgendwelche Papiere. Dann habe ich seinen Namen gesagt, und er sah auf ... irgendwie, als hätte ich ihn bei etwas ertappt, und dann stopfte er das Zeug zurück in den Schreibtisch und setzte sich zu mir.«

»Sie wissen aber nicht, was das für Papiere waren?«, hakt Max noch einmal nach. Ruth schüttelt den Kopf: »Nein, keine Ahnung. Es war eine Art Mappe aus braunem Kunststoff, glaube ich. Aber ich verstehe nicht, was das mit Jockels Tod zu tun haben soll.«

»Das wissen wir auch noch nicht«, erwidert Friedhelm nachdenklich. »Aber das werden wir vielleicht wissen, wenn wir diese Mappe gefunden haben. Dürfen wir dann mal bitten ...?«

Sie will das Wohnzimmer verlassen, um sich umzuziehen, hält aber plötzlich mitten in der Bewegung inne: »Da war etwas ... einen Moment lang kam mir das komisch vor, aber es war so eine Kleinigkeit ...«

»Am Donnerstagabend?«, fragt Max alarmiert, aber Ruth schüttelt erneut den Kopf: »Nein, am Freitag. Was war denn das nur? Es passierte, nachdem die Dimics gekommen waren, oder war das später? In der Essecke oder im Wohnzimmer? – Irgendwas ... Kennen Sie das? Je mehr Sie versuchen, sich an etwas Bestimmtes zu erinnern, umso mehr entgleitet es Ihnen? – Weg. Ich weiß es nicht mehr. Aber es fällt mir bestimmt wieder ein.«

Die Fahrt von Poppenbüttel nach Rothenbaum legen die drei schweigend zurück. Sie brauchen etwa eine halbe Stunde, vielleicht etwas weniger, weil am Sonntagmorgen kaum Verkehr auf den Straßen herrscht. Die Suche nach einem Parkplatz in der Rothenbaumchaussee gestaltet sich da schon schwieriger, aber schließlich parkt Max den Wagen unweit von Henners feudaler Behausung, und sie klingeln an seiner Tür. Auch Henner scheuchen die beiden Beamten von dessen zweiter Tasse Kaffee auf, die der im Wintergarten einnimmt, aber im Gegensatz zu Ruth bietet er den Besuchern nichts an und reagiert auch sonst nicht sehr zuvorkommend.

»Herrgott, können Sie einen nicht wenigstens am Sonntag in Ruhe lassen? Ruth, was machst du denn hier? Werde ich jetzt verhaftet oder was?« Aber er geleitet die drei trotz seines sichtlichen Unmuts in den opulenten Wintergarten, und Friedhelm entschuldigt sich: »Tut mir leid, wenn wir Sie stören, Herr Kuhlborn, aber dies duldet keinen Aufschub. Dürfen wir Sie bitten, uns in Ihr Büro zu begleiten?«

»Sagen Sie mal, sind Sie von der Kripo oder von der Steuerfahndung?«, platzt Henner ungnädig heraus, aber plötzlich zuckt er die Achseln und macht eine vage Handbewegung: »Ach, was soll's? Sie marschieren da ja sowieso rein, ob mit oder ohne Durchsuchungsbeschluss. Bitte ... ich habe nichts zu verbergen.«

Sie betreten das gemütliche Büro mit dem wohnlichen Durcheinander, und Friedhelm deutet auf den Schreibtisch und erklärt: »Frau Vidakovic und Herr Meise waren am Donnerstag hier. Herr Meise scheint im Schreibtisch eine braune Mappe entdeckt zu haben, in deren Inhalt ihn etwas offensichtlich irritierte. Wir möchten Frau Vidakovic bitten, uns diese Mappe herauszusuchen. Sie haben doch nichts dagegen? Bitte, Frau Vidakovic.«

»Henner, bitte glaub mir, meine Idee war das nicht.« Mit betretenem Gesicht zieht sie gezielt eine Schreibtischtür auf und stöbert hastig in den darin liegenden Stapeln. Henner schüttelt ungläubig den Kopf: »Ruth, dir gebe ich keine Schuld. Aber ich will mal sehen, ob ich das hier auf die Reihe kriege: Sven-René hat etwas Merkwürdiges bei mir entdeckt, und deswegen ist Jockel jetzt tot! Den Zusammenhang muss mir mal jemand erklären.«

»Herr Meise könnte etwas bei Ihnen entdeckt haben«, resümiert Max bedächtig. »Er könnte Herrn Mickelsen davon erzählt haben. Und der könnte versucht haben, Sie zu erpressen.«

»Das glauben Sie doch selbst nicht!« Ruth sieht empört von ihrer Tätigkeit auf. »Sven-René hätte ihm nie etwas anvertraut. Jockel war ihm genauso unsympathisch wie uns allen.«

»Außerdem ist es völlig absurd, dass ich mich von so einem Würstchen hätte erpressen lassen.« Jetzt wird Henner laut, und Max hakt mit sanfter Stimme nach: »Hätten Sie Herrn Mickelsen denn einen Erpressungsversuch zugetraut?«

»Falls ich so was überhaupt jemandem zutrauen würde, dann Jockel, ja«, versetzt Henner mit Nachdruck. »Er war gierig, und er vermittelte einem ständig das Gefühl, zu kurz gekommen zu sein. Aber selbst wenn er das versucht hätte, dem hätte ich die Hammelbeine lang gezogen! Es gibt nichts, womit man mich erpressen könnte. Und selbst wenn, denjenigen würde ich achtkantig an die Luft setzen oder der Polizei übergeben. Umbringen würde ich den jedenfalls nicht. Und wie soll ich mir überhaupt dieses Gift beschafft haben?«

»Im Stadtpark. Wenn Herr Mickelsen Sie bereits am Donnerstagabend oder am Freitagmorgen angesprochen hätte, hätten Sie noch den ganzen

Freitag dafür Zeit gehabt«, lenkt Friedhelm ein, und Ruth fährt hoch: »Sie legen sich die Tatsachen wohl immer so zurecht, wie Ihnen das am besten passt, was? Erst verdächtigen Sie meine Freunde, die Jockel nur einmal kurz gesehen haben, und jetzt Henner wegen einer Erpressung, die nie stattgefunden hat.«

»Ihre Freunde, Frau Vidakovic«, beruhigt Friedhelm sie, »stehen nicht mehr unter Verdacht. Wir haben die Geschichte mit Jockels Autounfall geklärt: Dem ist vor zwanzig Jahren ein kleiner Junge vor den Wagen gelaufen. Er hatte aber keine Schuld, und es gab tatsächlich nur Blechschaden. Übrigens passierte dies während einer Fahrstunde, und danach hat Herr Mickelsen die Idee mit dem Führerschein aufgegeben. Er hat in Wirklichkeit nie einen besessen, aber das wollte er wohl nicht zugeben.«

»Ich fasse es nicht, ein dummer kleiner Lügner war unser Jockel also auch«, kommentiert Henner verächtlich, und Friedhelm stimmt zu: »Das war er wohl. Er hat seiner Mutter zum Beispiel erzählt, dass Frau Wienstroh in ihn verliebt gewesen sei und er sie habe abblitzen lassen, während Sie alle berichteten, dass es tatsächlich umgekehrt war. – Frau Vidakovic, bitte lassen Sie sich nicht aufhalten.«

»Unmöglich! Ich glaube, an Angeliques Stelle hätte ich den wirklich umgebracht, so wie der ihr zugesetzt hat!« Schimpfend wendet sich Ruth wieder dem Schreibtisch zu. Henner wird auf einmal sehr nachdenklich: »Jockel war notorisch gierig. Und er war ein notorischer Lügner. Ich glaube so langsam, dass er mit einer dieser beiden Eigenschaften sein vorzeitiges Ende herausgefordert hat, oder was meinen Sie?«

»An dem, was Sie da sagen, könnte etwas dran sein«, stimmt Max zu, Friedhelm und er sind ja selbst ebenfalls auf diese Idee gekommen. In diesem Augenblick zieht Ruth eine braune, zum Platzen mit Papieren gefüllte Kunstledermappe aus dem Fach: »Ich hab sie gefunden.«

Sie legt die Mappe auf den Tisch, und vier Augenpaare blicken gespannt darauf. Bedächtig wendet Friedhelm die Papiere darin, Prospekte von Immobilienmaklern, Fotos von Baustellen, von Richtfesten, von Häusern am Strand, im Gebirge, an Zypressenhainen und blühenden Sommerwiesen. Hochglanzbilder von Villen, Ferienwohnungen und -häusern in ganz Europa. Flyer, Informationsbroschüren, Werbeprospekte.

»Waren Sie mal als Immobilienmakler tätig, Herr Kuhlborn?«, fragt Max. Henner zuckt schlicht die Achseln. »Ich war schon als alles Mögliche tätig. Ich habe Immobilien und Boote verkauft und vermietet. Ich hatte Anteile an einer Diskothek und einem Fitnessstudio. Ich habe mal mit einer Band Musik gemacht. Bloß Tellerwäscher war ich noch nicht. Millionär auch nicht.«

»Henner, großer Gott!« Ruth schnappt auf einmal tief nach Luft und tippt mit dem Finger auf ein Foto in der Mappe. Alle starren darauf und brauchen einen Moment, bevor sie begreifen, was sie da vor sich sehen. Ruth hat vollkommen die Fassung verloren: »Dieses Foto habe ich vor kurzem schon einmal gesehen!«

Ein Mann, verschmitzt, gemütlich. Eine Frau, groß, dünn, rothaarig, sommersprossig. Der Strand von Paguera, die Promenade, das Mittelmeer und Dünen im Hintergrund. Ein kubisches weißes Haus mit einer Richtkrone auf dem flachen Walmdachstuhl. Und darunter der Text: *Familie Meise schießt den Vogel ab.*

»Das sind Sven-Renés Eltern. Ich habe bei ihm zu Hause auch Fotoalben durchgeblättert«, sagt sie leise, und Henner erwidert wie betäubt: »Meine Güte, das ist so lange her … Ich wusste gar nicht, dass ich das noch habe.«

»Du hast ihnen dieses Haus vermittelt, ja?«, fährt sie ungläubig fort. Die beiden Polizisten durchschauen noch nicht alle Zusammenhänge, aber sie registrieren verblüfft, dass sich Henner wie erschlagen auf das königsblaue Sofa sinken lässt. »Es waren Kunden, zwei unter vielen. Ich habe nie wieder etwas von ihnen gehört oder gesehen.«

»Was ist passiert?«, fragt Friedhelm ruhig. Ruth erklärt es ihnen: »Sven-René hat es uns erzählt: Seine Eltern sind nach Mallorca ausgewandert, um da ein Haus zu bauen und ein Restaurant zu eröffnen. Nach zwei Jahren wollte man ihnen das Grundstück für einen Spottpreis abkaufen. Sie verloren alles und kamen zurück nach Deutschland. Sein Vater wurde wenig später krank und starb. Ich glaube, Sven-René hatte ihn sehr lieb.«

»Der arme Junge.« Henner sieht aus, als würde er gleich anfangen zu weinen. »Ich könnte verstehen, wenn er versucht hätte … Moment! Ich könnte verstehen, wenn er versucht hätte, *mich* umzubringen, aber wieso Jockel?? Was zum Teufel ist da passiert?!«

Plötzlich holt er tief Luft und sieht aus, als sei ihm eben ein Gedanke gekommen, und Ruth schlägt sich erschrocken die Hand vor den Mund, als habe sie gleichzeitig dieselbe Idee. Sie murmelt wie betäubt: »Meine Güte, Henner! Natürlich. Der Wein.«

Freitag: Ruth Früchtezauber

Das Menü:

*

Garnelen im Gemüsesud

*

Hasenkeule mit Kräutergnocchi und zweierlei Salaten

*

Crêpes mit Meloneneis und exotischen Früchten

»Hallo-o, immer herein, je mehr, je besser.« Mit ihrer üblichen Wärme und Fröhlichkeit in der Stimme bittet Ruth das Team von VOX in ihre Wohnung und sorgt für eine angenehme Überraschung: Die Wohnung befindet sich in einer Siedlung der SAGA, aber die Häuser wurden vor kurzem frisch und in fröhlichen Farben renoviert. Auch Ruths Wohnung strahlt nicht das übliche SAGA-Ambiente aus; sie ist schick, hell und mit geschmackvollen Möbeln eingerichtet. Ruth erklärt:»Natürlich verdienen mein Mann und ich nicht schlecht und haben normalerweise keinen Anspruch mehr auf diese Wohnung. Aber wir haben eine Ausgleichsabgabe gezahlt. Wir wollen hier nicht mehr ausziehen; unser Kind ist hier aufgewachsen, und wir fühlen uns hier wohl.«

Nanu, es klingelt erneut, aber Ruth ist nicht überrascht. Sie lässt eine junge Frau herein, von ähnlicher Statur wie sie selbst, aber mit dunkleren rötlichen, längeren Haaren: Ruths Tochter Nicola. Sie begrüßen sich mit Küsschen:»Hallo-o, mein Mäuschen, schön, dass du hier bist!«

»Früchtezauber! Und wieso dann Fisch? Ich mag keinen Fisch!« Jockel verzieht das Gesicht beim ersten Blick auf die Menüfolge. Er sitzt mit Sven-René auf einer Bank im Park am Alsterlauf und hat keinen Blick für blühende Bäume und Anemonen. Sven-René zupft die Karte ein wenig zu sich her und grinst erheitert:»Mein lieber Jockel, Garnelen sind nicht Fisch, sondern Meeresfrüchte, und das ist durchaus stimmig. Der rote Faden ist da.«

»Du meinst wegen der Früchte?« Jockel rümpft die Nase.»Das ist mir alles viel zu gesund. Salat mit Erdbeeren, Salat mit Pfirsichen … Ruth weiß doch, dass ich kein rohes Obst vertrage. Und was sind Knottschis?«

»Gnocchi«, verbessert Sven-René, eins ums andere Mal amüsiert,

»also Nockerln, vermutlich aus Kartoffeln. Und vermutlich macht sie die selbst. Übrigens, wenn die Früchte in den Salaten mariniert sind, sind die neutralisiert, und das ruft dann auch keine allergischen Reaktionen bei dir hervor, Jockel, da mach dir mal keine Sorgen.«

Da es auch beim Einkaufen nicht verboten ist, sich helfen zu lassen, machen Mutter und Tochter erst mal einen Bummel in den Feinkost-Supermarkt in Fußmarschweite. In Kürze ist dort der Einkaufswagen gefüllt mit Erdbeeren, Pfirsichen, Bananen, Kiwis, Melonen, Papayas, Mangos und Lidschis … Früchtezauber eben, aber es kommen auch Kartoffeln, Hasenkeulen, Wein und eine Kiste Mineralwasser hinzu. Nicola verbindet das Angenehme mit dem Nützlichen und staubt noch einige Lebensmittel ab, die sie selbst benötigt, und hinterher ist der Wagen so vollgepackt, dass sie ihn der Einfachheit halber komplett nach Hause schieben, dort ausladen und danach gleich wieder zurückbringen.

»Ich freue mich ja so, dass sich auch mal jemand traut, etwas aus dem Meer zuzubereiten.« Anerkennend schiebt Henner die Menükarte zu Angelique hinüber. Beide sitzen draußen vor einem Eiscafé in der Innenstadt und trinken ein Mineralwasser. Angelique leckt sich die Lippen. »Garnelen im Gemüsesud klingt lecker. Hasenkeule mit Bananen auch.«

»Die Salate können durchaus raffiniert sein«, erklärt Henner, »und die Gnocchi und das Eis und die Crêpes für das Dessert macht die Ruth wahrscheinlich selber. Dies ist ein ziemlich aufwändiges Menü, da muss die Ruth einiges à la minute hinkriegen. Traue ich ihr aber zu.«

»Hm, einiges kann man bestimmt auch vorbereiten«, vermutet Angelique. »Trotzdem, das ist mal was ganz anderes, zwar ein Themenmenü, aber keiner bestimmten Region zuzuordnen. Ich hätte gewettet, sie kocht serbisch. Ist sie nicht mit einem Serben verheiratet?«

»Ein serbisches Menü wollte ich nicht machen, das eignet sich nicht für ein perfektes Dinner«, erklärt Ruth. Sie hat tatsächlich schon einiges vorbereitet: Die Garnelen marinieren mit Olivenöl, Knoblauch und feinen Zwiebelwürfeln vor sich hin, das selbstgemachte Meloneneis wird noch mal durchgerührt und kaltgestellt, und auch der Obstsalat muss noch eine gute Weile durchziehen. Trotzdem gibt es noch genug zu tun: Ruth kocht Kartoffeln, gießt sie ab und lässt sie auskühlen, drückt sie durch die Presse und stellt daraus mit Kräutern, Salz und Mehl den Teig für die Gnocchi her, den sie dann in Alufolie rollt.

Derweil schnippelt Nicola Salate, Bleichsellerie, Erdbeeren und Pfirsiche für die Beilagen und Suppengrün für die Vorspeise. Ruth fährt fort: »Außerdem hatten wir erst ein griechisches Dinner, das ist ähnlich wie serbisch. Meine Rezepte stammen alle von den Weight Watchers, und ich wollte zeigen, dass man auch aus leichter Küche ein perfektes Dinner zubereiten kann. Vielleicht gelingt es mir ja.«

Sie mixt die beiden Salatdressings zusammen und fährt fort: »Aber wir können auch anders. Wir kochen alle gern in unserer Familie. Leider essen wir auch alle gern. Mein Mann kocht häufig schon sehr gehaltvoll. – So, dann wollen wir mal in die Essecke ...«

Über die lange dunkle Tafel wird eine weiße Tischdecke gebreitet und darauf roséfarbene Platzteller, Gläser und Bestecke eingedeckt. Gegenüber vom Kopfende wird eine Schale mit Frühjahrsblumen und Zweigen platziert (»Aus dem eigenen Garten«, erklärt Ruth stolz), und mittig auf dem Tisch entlang, vom Kopf- zum anderen Ende, schlängeln sich Apfel- und Kirschblütenzweige. Ruth betrachtet prüfend ihr und Nicolas Werk: »Das lassen wir so. Manchmal ist weniger mehr.«

»Tschüss, Mäuschen, und vielen Dank! Ich rufe dich an.« Ruth verabschiedet sich mit Küsschen von ihrer Tochter und begibt sich ins Bad: »Ich springe noch mal unter die Dusche, bevor die Gäste kommen ...«

Und die kommen, heute gleich alle vier auf einmal: Angelique in heller Hose und buntgeblümter Bluse, Sven-René in heller Hose, dunklem Hemd und offener Weste, Henner in schwarzer Hose mit weißem Hemd und Fliege und Jockel in Jeans, gestreiftem Hemd und ohne Fliege.

»Hallo-o, kommt herein! Schön, dass ihr da seid!« Die Gastgeberin selbst trägt ein schwarzes, mit bunten Blumen bedrucktes, ärmelloses Kleid, und alle begrüßen sie mit leichter Umarmung und Küsschen auf die Wange und bedanken sich für die Einladung. Sie folgen ihr ins Wohnzimmer, das mit hellen Wänden, cremefarbener Sitzgarnitur und einem riesigen Mahagonischrank sehr hell, groß und einladend aussieht, und nehmen Platz. Ruth öffnet zur Feier des Tages eine Flasche Champagner und kredenzt selbstgebackenes Brot mit einem selbstgemachten Kräuterdip dazu: »Auf euer Wohl, ihr Lieben ... und auf unseren letzten Dinnerabend!«

Kommentar von Sven-René: »Das hatte Richtung! Garnelen als Vorspeise ... und Champagner als Aperitif. Der Snack war auch lecker. Und selbstgemacht. Das passt. Ruth hat Klasse. Ich habe das Gefühl, das wird ein runder Abend.«

Nachdem die Gastgeberin dann ihre Gäste in die Essecke geleitet hat, geht sie in die Küche, um die Vorspeise zuzubereiten: Sie dünstet die Garnelen mit dem feingewürfelten Suppengrün an, löscht sie mit Weißwein, Tomatenmark und Sahne ab und lässt sie noch ein wenig köcheln, während sie das selbstgebackene Brot schneidet. Dann kommen die Meeresfrüchte in tiefe Teller, ein guter Schuss Gemüsesud dazu und je ein üppiger Zweig Bleichselleriegrün als Dekoration, schon ist der erste Gang servierbereit. Dazu gibt es Mineralwasser und eine Flasche *Cinque Terre*: »Habe ich mir empfehlen lassen.«

»Da hast du dir was Gutes empfehlen lassen, Mädel, ligurischer Weißwein passt auf jeden Fall zu Meeresfrüchten«, versetzt Henner wohlwollend. Nachdem nun auch die Getränkefrage gelöst ist, beginnt Angelique mit der Konversation: »Ruth, wo ist denn dein Mann heute Abend?«

Ruth nippt an ihrem Weinglas: »Nasko ist in Serbien geboren, wie ihr wisst, und sehr engagiert in der orthodoxen Kirchengemeinde. In der Kirche ist am Wochenende eine Veranstaltung, und er hilft heute bei den Vorbereitungen.«

»Und was machst du so, wenn du nicht kochst?«, fragt Sven-René. Sie antwortet: »Ich bin als Buchhalterin tätig, aber Ende nächsten Jahres gehe ich in den Vorruhestand.«

»Ach, da freust du dich bestimmt schon, oder?« Angelique strahlt sie an. Ruth macht ein ratloses Gesicht: »Du, einerseits ja, weil mein Mann danach auch nur noch ein Jahr lang arbeiten muss. Aber ich verlasse die Firma mit einem lachenden und einem weinenden Auge. Ich fühle mich da wohl, und diese täglichen Herausforderungen werden mir fehlen.«

»Och, ist doch schön, morgens ausschlafen ...« Eine typische Jockel-Aussage, der, obwohl er vorher verkündet hat, dass er keine Meeresfrüchte (Pardon, das war ja Fisch) mag, seiner Portion wieder hinreichend den Garaus gemacht hat. Henner, der mit seinen Garnelen auch keine Probleme zu haben scheint, erwidert: »Ruth, ich kann mir nicht vorstellen, dass du in ein tiefes Loch fällst, wenn du mal nicht mehr zur Arbeit gehst.«

»Ich an sich auch nicht: Wir haben den Garten, wir haben viele Bekannte und ständig was um die Ohren, und wer weiß, vielleicht kaufen wir uns noch mal ein Haus in Serbien ...« Ruth nimmt es leicht, und mit diesen rosigen Zukunftsaussichten endet der erste Gang des letzten Dinners.

Kommentar von Henner: »Der Tisch sah perfekt aus, passte zum Thema des Menüs und war nicht überladen. Ich wollte auch erst was mit Fisch oder Meeresfrüchten machen, dachte mir aber, das ist nicht jedermanns Sache. Glückwunsch zu diesem Mut, und die Vorspeise ist der Ruth echt gelungen. Das Rezept werde ich mir mal von ihr geben lassen. Auch unser Jockel hat sein Tellerchen leer gegessen ... na, das macht der ja immer. Er hat auch recht, man soll nichts umkommen lassen.«

Ruth sticht derweil in der Küche Gnocchi von ihren vorbereiteten Teigrollen ab und gart sie in Salzwasser, schöpft sie ab und lässt sie trocknen. Die Hasenkeulen kommen aus dem Ofen, der Sud wird mit Tomatenmark, feingewürfelten Zwiebeln, Rumaroma, Weinessig und Zucker eingekocht. Den Teig für die Crêpes rührt sie auch noch an.

Unser Jockel geht mit Sven-René in Ruths Wohnung auf Tournee und landet mit ihm im ehelichen Schlafgemach, das sich mit großzügigen hellen Möbeln dem Rest der Wohnung anpasst. Ungeniert öffnet er eine Schranktür und fischt eine Jeans heraus, eine Hüfthose mit Schlag, ein rückenfreies Sonnentop, einen Minirock und ein paar klobige Turnschuhe. »Kannst du dir vorstellen, dass Ruth so was trägt?«

»Jockel, du Dussel, ich stelle mir vor, dass Ruths Tochter so was trägt«, prustet Sven-René amüsiert. Er hat sich auf das fröhlich bunt bezogene Bett gesetzt ... im Gegensatz zu Angelique läuft er hier wohl keine Gefahr, attackiert zu werden. Jockel sieht ihn an wie ein Schaf: »Meinst du? Ihre Tochter? Ich denke, die wohnt nicht mehr zu Hause.«

»Vielleicht hat sie keinen Platz in ihrer Wohnung«, vermutet Sven-René. »Wenn sie vor kurzem erst ausgezogen ist und noch studiert, kann sie sich wahrscheinlich keine Riesenhütte leisten. Ich weiß, wovon ich rede, ich studiere schließlich selber.«

Kommentar von Jockel: »Ziemlich abgehoben, die Truppe. Alle haben studiert oder lassen ihre Kinder studieren, alle haben Kohle ohne Ende ... Ich glaube, Ruths Mann ist ein braver, ehrlicher Arbeiter, aber wohnen tun auch die ziemlich fein. Champagner als Aperitif fand ich übertrieben. Und diese Gummidinger als Vorspeise ... na, das war nicht schlecht. Aber ich sagte ja schon, ich mag keinen Fisch.«

Wir begleiten Angelique und Henner auf einen Streifzug in Nicolas ehemaliges Kinderzimmer. Ein Tisch mit Computer steht da, ein Korb mit Bügelwäsche, ein einladender Fernsehsessel, ein kleiner Fernseher und ein Schrank. Angeliques Augen leuchten verständnisvoll. »Hast du auch so ein Zimmer, Henner? Ich finde, so was braucht jeder Haushalt, da kann man mal die Tür hinter sich zu machen, bügeln, was aufbewahren, die Füße auf den Tisch legen ...«

»Was haben wir denn hier?« Henner zieht vorsichtig die Tür von der Schrankvitrine auf: »Guck mal, Ruths Schatzkästchen, Souvenirs aus aller Herren Länder: Sand von Gran Canaria, weiche Steinbrocken aus der Türkei, Schmuck von Sri Lanka, Muscheln aus der Dominikanischen ... Unsere Ruth verreist auch gerne. Du, die Frau würde ich sofort mal auf einen Segeltörn um die Welt mitnehmen.«

»Dann komme ich aber auch mit!«, schmettert Angelique und stupst ihn an, und Henner stupst galant zurück: »Versprochen.«

In der Küche gehen die Präliminarien für den zweiten Gang ins Land. Ruth besitzt große weiße Teller mit kleinen Trennwänden, so dass sie das Hauptgericht wie ein Gesicht anrichten kann: Rot und grün leuchtet das linke Auge aus Erdbeer-Salatherzen, gelb und grün das rechte aus Eisbergsalat mit Pfirsichspalten. In der Mitte sitzt eine dicke Nase aus Hasenkeule im eigenen Sud mit Bananenscheiben, und eine Reihe grinsend weißer Gnocchi, mit heißer Butter gekrönt, dient als Mund. Mehr Dekoration ist nicht notwendig, und die Gäste würdigen dieses farbenfrohe Ensemble mit ehrfürchtigen Ahs und Ohs. Dazu gibt es Mineralwasser und einen *Grumello*. Henner kennt natürlich auch diesen Wein und murmelt: »Erdbeeraroma, passt.«

»Jockel, um die Früchte brauchst du dir keine Sorgen machen«, erklärt Ruth. (Macht er nicht, Sven-René hat ihn in dieser Hinsicht bereits aufgeklärt.) »Die sind mariniert, die lösen bei dir keine Allergie aus. Für deinen Obstsalat musste ich allerdings auf Früchte aus der Dose zurückgreifen. Ich hoffe, du bist mir nicht böse.«

»Ruth, dir könnte ich nie böse sein«, versichert Jockel glaubhaft. Er fällt mal wieder über sein Hauptgericht her, als hätte er tagelang gefastet. Angelique verdreht genießerisch die Augen. »Ruth, was ist das für ein Dressing an dem Eisbergsalat?«

»Ganz einfach: Pfirsichsaft, Zitrone, Öl, Weißwein, Rosmarin, Zimt und Zucker. Das Rezept ist original Weight Watchers«, bekennt diese schlicht, und Henner versichert: »Leicht und raffiniert zugleich. Liebe Freunde, Abnehmen kann auch Spaß machen!«

Plötzlich klingelt es an der Wohnungstür. Ruth erhebt sich entschuldigend: »Das tut mir jetzt leid. Ich habe noch ein paar Freunde eingeladen, die euch ein wenig unterhalten sollen. Die scheinen zu früh zu sein. Wollt ihr mich kurz entschuldigen?«

Sie geht zur Tür und ist wenig später wieder da, mit einem gutmütig aussehenden Mann mit dunklen Locken und buschigem Schnurrbart, einer kleinen barocken Frau mit dickem dunklen, hochgesteckten Zopf und großen dunklen Augen und einem drahtigen jungen Mann um Mitte zwanzig mit kurzem schwarzen Schopf und randloser Brille. Diese Familie ist recht atavistisch gekleidet, vermutlich Serben, und sie grüßen mit leisen warmen Stimmen: »*Dobro vece.*«

»Das sind Mladan und Vedrana Dimic und ihr Sohn Stefan. Ich bringe sie ins Wohnzimmer und bin gleich wieder da.« Ruth entfernt sich kurz, serviert ihren Freunden offenbar noch etwas zu trinken und ist wenig später wieder bei ihren Gästen. Henner hat ein gutes Namensgedächtnis: »Mladan und Vedrana ... hast du nicht gestern erst von denen erzählt? Vedrana, die ein Kind bei einem Autounfall verloren hat?«

»Das sind sie«, bestätigt Ruth. »Mladan ist auch sehr stark bei der orthodoxen Kirche engagiert, aber in einer anderen Gemeinde als mein Mann, sonst hätten sie heute nicht kommen können. Möchte noch jemand eine Hasenkeule?«

Alle lehnen dankend ab und weisen auf ihre Teller, die bis auf ein paar Krümel fast wieder makellos weiß sind. Nur Sven-René hat noch etwas Fleisch mit Bananen und zwei Gnocchi vor sich liegen und entschuldigt sich, wobei er mit der Gabel etwas Hasensud auf die bis eben noch blütenweiße Tischdecke wedelt. »Das war bestimmt der interessanteste Hase, den ich je gegessen habe, aber so wie dein Dessert klingt, sollte ich dafür lieber noch Platz lassen.«

»Du, bevor das wegkommt ...« Jockel richtet bereits sehnsüchtige Blicke nach gegenüber, und Sven-René tauscht gutmütig den Teller mit ihm: »Hast ja recht, es ist zu schade.«

Kommentar von Angelique: »Das war so ein schöner Abend bis jetzt, der Champagner, die Garnelen, und das Hauptgericht mit diesen ganzen Früchten und raffinierten Salaten war echt grandios. Hoffentlich wird es jetzt nicht traurig, ich meine ... das ist so ein grausames Schicksal, was dieser Familie da passiert ist. Ich hoffe, sie machen keine schwermütige Musik.«

»Möchte noch jemand ein Glas Wein?«, bietet Ruth höflich an. Angelique und Sven-René lehnen dankend ab, Henner und Jockel möchten noch. Ruth schenkt großzügig nach, Henner nimmt einen kleinen Schluck, und Jockel gurgelt gleich das ganze Glas hinunter, während er den Rest des Hauptgerichts in geflissentlicher Eile dessen natürlicher Bestimmung zuführt.

Danach führt Ruth ihre Gäste ins Wohnzimmer, wo die Mitglieder

der Familie Dimic einen Mokka und ein Mineralwasser vor sich stehen und einen wahren Bauchladen an Instrumenten um sich gestapelt haben: eine Rhythmusgitarre, eine Trommel und eine Geige. Und jetzt sehen die Gäste auch, dass die serbischen Besucher mit einer Art Bauerntracht bekleidet sich: Vater und Sohn tragen weiße Hosen mit besticktem Saum, darüber eine Art weißen Kittel mit pludrigen Ärmeln und bestickter Brust, dazu eine farbenfrohe Schärpe, eine bestickte Weste und eine Kappe auf dem Kopf. Vedrana trägt ein langes weißes Kleid mit weitem Rock und weiten Ärmeln, und die Kappe über ihrem dichten hochgesteckten Haar, der Gürtel und der üppige Halsschmuck sind mit großen Pailletten bestickt.

»Ich habe heute zwar kein serbisches Dinner zubereitet«, führt Ruth die Darbietung ein, »aber ein wenig aus der Heimat meines Mannes möchte ich euch doch bieten. Möchte jemand eine *Juliska*?«

Das passt jetzt, finden alle. Ruth schenkt acht Schnäpse in zierliche kleine Flakons ein, und die Dimics und die Dinnergäste prosten einander zu: »*Zivjeli!*«

Ruth fährt fort: »Wie ich euch schon sagte, Familie Dimic findet Trost in der Musik. Mladan und Vedrana kommen aus Serbien, aber sie werden uns jetzt ein paar Lieder vortragen von einer Gruppe aus Bosnien-Herzegowina, die ihr möglicherweise nicht kennt, die aber im ganzen jugoslawischen Raum von Jung und Alt gehört wird: Hari Mata Hari.«

»Das kommt mir irgendwie bekannt vor«, erklärt zu jedermanns Erstaunen der Kulturbanause Jockel, aber Henner kann dieses Irgendwie natürlich noch präzisieren: »Die waren vor ein paar Jahren Dritte beim Eurovision Song Contest. Schöne Musik.«

Stefan klopft auf die Trommel, Vedrana spielt Geige, und Mladan spielt Gitarre und singt mit schöner getragener Stimme in einer fremdartig klingenden Sprache:

»Ruzmarin, nema kome da mirise,
uzalud je da procvjeta …«

Orientalisch klingt das, sehnsüchtig, Fernweh weckend. Das nächste Lied ist fröhlich, lädt zum Mitsingen ein, und die Dinnergäste wiegen leicht mit den Hüften, wippen mit den Füßen und klopfen sich leise mit den Händen auf die Oberschenkel.

»Bas ti ljepo stoje suze ali nemoj plakati,
zasto bisere un blato nocas bacas ti ...«

Der dritte Beitrag beginnt mit der wie schwebend klingenden Geige, kraftvoll gesellen sich die Gitarre und Mladans volltönende Stimme dazu. Die Gäste schnappen nach Luft, und Henner murmelt: »Jetzt sind meine innigsten Gebete erhört worden.«

»Golube, moj golube, nosi joj suze mjesto pjesme.
Ja odlazim ko da sam kriv ...«

Lejla, der soeben von Henner genannte erfolgreiche Grand-Prix-Beitrag. Angelique und Sven-René stehen Tränen in den Augen, die von Henner leuchten, und Jockel sitzt da mit offenem Mund, als wolle er Fliegen schnappen. Kurze betäubte Pause nach dem Ende des dritten Liedes, dann tosender Applaus und Standing Ovations. Familie Dimic schultert ihre Instrumente und verabschiedet sich fröhlich winkend: »*Dovidenja, prijatelji, laku noc!*«

Kommentar von Henner: »Den Abend kannst du nicht mehr toppen, das Ding ist gelaufen! Das Essen war schon oberklasse, aber diese Gratwanderung, in ein Weight-Watchers-Früchte-Menü doch noch so was Fremdartiges wie diese Serbentruppe einzuflechten und eine *Juliska* zu servieren, das nötigt mir Hochachtung ab! Und dann auch noch *Lejla* ...«

Kommentar von Sven-René: »Ruth ist die perfekte Gastgeberin, fröhlich, aufmerksam, natürlich. Das Essen war bis jetzt klasse, ein Augenschmaus, raffiniert, Lean Cuisine, total mein Geschmack ... Aber was sie uns beim Essen an schwer Verdaulichem vorenthalten hat, das hat sie mit dem Beitrag von dieser serbischen Familie wieder wettgemacht. Das war schwere Kost, dramatisch, sehr exotisch, teilweise traurig ... aber schön, das gebe ich zu.«

Die Gäste finden sich zum unwiderruflich letzten Gang dieser Dinnerwoche wieder in der Essecke ein, und Ruth erkundigt sich: »Ich dachte, wir könnten vielleicht einen Mokka ...«

»Das wäre toll.« Angelique spricht allen aus der Seele, und Ruth serviert binnen kurzem jedem ein zierliches Henkelglas mit zierlichem Löffelchen, ein starkes, süßes aromatisches Gebräu. Alle nippen ehrfürchtig daran, bevor Ruth wieder in die Küche verschwindet. Henner lässt den Mokka genießerisch über die Zunge rollen: »Hmm, da steht der Löffel drin!«

Mit stoischer Ruhe handhabt Ruth den letzten Gang ihres Dinners: Sie bäckt hauchdünne Pfannkuchen, lädt sie auf schwarze Teller, deren Ränder mit Puderzucker bestäubt sind, und klappt sie halb zusammen, füllt je eine gehörige Portion Meloneneis darauf und rollt die Crêpes auf, so dass sie wie Tüten auf den Tellern liegen; um die Tütenspitzen gruppiert sie dekorativ bunte Früchte, die sie zuvor in Orangen- und Lidschisaft mit einigen Tropfen Bittermandelöl mariniert hat. Ein Zweig Zitronenmelisse über jede Tüte, und das Dessert ist servierbereit ... nur dass Jockels Teller mit Lidschis und Mango aus der Dose nicht ganz so bunt leuchtet wie die anderen Desserts, in denen außerdem noch Würfel von Melone, Papaya und Kiwi und dunkle Weintrauben enthalten sind.

Erneute Ahs und Ohs, als Ruth das Dessert auf den Tisch bringt. Alle haben indessen ihrem Mokka den Garaus gemacht und wenden sich nun einigermaßen zögerlich dem letzten Gang zu. Angelique spricht aus, was alle denken: »Das sieht so schön aus ... Das muss ich erst mal auf mich wirken lassen, bevor ich dieses Kunststück zerstöre.«

»Meloneneis mit ganzen Früchten?« Sven-René grinst, und alle prusten los. Aber dann fallen alle Hemmungen und die Gäste mit Dessertbesteck über die Kunstwerke her. Jockel intoniert mit vollem Mund: »Die Musik war geil, hatte 'n bisschen was von griechisch. Nette harmonische Familie.«

»Könnte noch harmonischer sein, wenn das Kind damals nicht umgekommen wäre. Oder könntest du mit so einem Schicksal leben, Jockel?«, pariert Angelique ein wenig bissig, und der reagiert konsterniert und ziemlich heftig: »Könnte ich nicht, muss ich auch nicht. Ich habe noch kein Kind verloren. Und bei meinem Unfall damals gab es nur Blechschaden, liebe Angelique, falls du das vergessen haben solltest.«

»Du, Ruth, Angelique und ich haben, glaube ich, so eine Art Souvenirschrank bei dir gefunden«, leitet jetzt Henner die Konversation wieder in friedliche Bahnen um. Ruth wirkt direkt ein wenig verlegen: »Ach, mit diesem ganzen kitschigen Zeug darin?«

»Du, kitschig ist nicht das Zeug selbst, sondern höchstens die Beziehung, die man dazu hat«, wird sie von Angelique belehrt, und Ruth grinst in die Runde: »Dann ist es kein Kitsch. Ich habe eine innige Beziehung zu allem, was mich an unsere Urlaube erinnert. – Henner, ich habe gestern Fotos bei dir gesehen von Schiffen in europäischen Häfen, da kriegte ich so richtig Fernweh. Ich musste an dieses Lied von Achim Reichel denken.«

»Ich weiß, welches du meinst.« Henner fängt an zu singen, und Ruth stimmt mit ein:

> »Ich hab die ganze Welt gesehn von Singapur bis Aberdeen.
> Doch wenn ihr mich fragt, wo's am schönsten war,
> dann würd ich sagen: Sansibar ...«

Sven-René schunkelt wie ein betrunkener Seemann und schwenkt sein Wasserglas:

> »Der Steuermann hatte Matrosen am Mast,
> und den Zahlenmeister ham die Gonokokken vernascht ...
> aber sonst war'n wir bei bester Gesundheit!«

Plötzlich knallt er mit dem Knie gegen die Tischkante und lässt vor Schreck sein Glas fallen. Dieses kippt über die Tischdecke, federt elegant auf Sven-Renés Bein ab und landet dann unbeschadet auf dem Teppich. Aber eine Wasserlache ergießt sich vom Tisch über Sven-Renés Hose und den Stuhl und tropft auf den Fußboden. Er springt mit feuerrotem Kopf auf, und Angelique verdreht die Augen. »Sven-René, manchmal bist du ein solcher Esel!«

»Herrgott, Ruth, tut mir so leid«, stammelt der Unglücksrabe. Sie hat schon ein Tuch aus der Küche geholt und tupft den Tisch und die Sitzfläche ab, während sie ihn tröstet: »Ist doch nur Wasser, das gibt keine Weinflecken. Willst du dir kurz im Bad mit einem Handtuch ...?«

Sven-René trottet ergeben davon, und die Gastgeberin wirft einen prüfenden Blick über perfekt leer gegessene Dessertteller. »Ich habe noch Eis, möchte noch jemand?« (Jockel natürlich, und sie holt ihm Nachschlag aus der Küche.) »Jemand noch Wein oder eine *Juliska*?«

Wird dankend abgelehnt. Henner legt die Hand wie entschuldigend über sein noch halbvolles Weinglas. »Vielleicht bei der Preisverteilung, aber ich glaube, heute trinke ich nichts mehr.«

»Zum Wegschütten ist das aber zu schade«, findet Jockel und hat die Hand bereits nach dem Glas ausgestreckt. Henner überlässt es ihm gottergeben, und Jockel stülpt den Wein in einem Zug hinunter. Wenig später ist auch Sven-René wieder da, mit noch feuchtem Hosenbein, sonst aber auch wunschlos glücklich.

Kommentar von Angelique: »Zuerst dachte ich, Sven-René hätte nur bei seinem eigenen Dinner dauernd was verschüttet, weil er nervös war, aber dem passiert so was ja ständig. Mich würde der zum Wahnsinn treiben, aber Ruth bewahrt natürlich auch in so einer Situation die Ruhe.«

Kommentar von Jockel: »Das war schon ziemlich nahe an einem perfekten Dinner. Das Essen war okay, besonders das Dessert, und ich fand es auch gut, dass ich noch Eis nachbekommen habe. Aber diese ganzen Früchte waren nicht mein Ding. Und Fisch mag ich auch nicht.«

Ruths Küche sieht inzwischen aus, als hätte ein Tornado darin gewütet, aber sie wirft nur einen gelassenen Blick auf diese Stätte der Verwüstung und erklärt ruhig: »Die Teller sind leer. Ich würde sagen, den Gästen hat es geschmeckt. Ich glaube, das ist mir gelungen.«

Und was glauben die Gäste, an Punkten vergeben zu können?

Angelique: »War schon recht nahe an einem perfekten Dinner. Die Deko stimmte, Ruth war eine tolle Gastgeberin, die Getränke passten. Die Garnelen waren super und das Dessert traumhaft. Das mit den Früchten beim Hauptgericht war mir 'n bisschen viel, und diese Salate waren nicht besonders aufwändig.« (Ach, auf einmal? Waren die vorhin nicht besonders raffiniert gewesen?) »Ich gebe der Ruth neun Punkte.«

Sven-René: »Das war in jeder Hinsicht spitze. Das Essen war klasse, die Getränke stimmten, und wo Henner gestern ein bisschen überstylt war, war Ruth einfach sie selbst, ruhig, herzlich, gastfreundlich ... die perfekte Gastgeberin eben. Zehn Punkte für meine Lieblingsruth.«

Jockel: »Ja, war schon ganz okay, auch reichlich. Die Vorspeise war nicht so meins.« (Nicht? Und warum hast du dann alles aufgegessen? Ach so, zum Wegschütten war es wohl zu schade?) »Und dieses ganze Obst hat doch in einem Hauptgericht nichts zu suchen. Ich meine, entweder ich esse zu Abend oder ich trinke Kaffee. Aber die Musik fand ich schön. Also acht Punkte bekommt die Ruth von mir schon.«

Henner: »Das war das perfekte Dinner! Das Essen war ein kulinarischer Orgasmus, die Deko war schön, und die Getränke waren gut abgestimmt; die Musik von der Familie Dimic hat mir sehr gut gefallen, und die Ruth war als Gastgeberin einsame Spitze! Tolle Frau, das ist zehn Punkte wert.«

Zweimal zehn, einmal neun und einmal acht macht insgesamt 37 Punkte, und damit steht das Ergebnis fest. Die heutige Gastgeberin hat das perfekte Dinner gewonnen.

Die Spannung steigt, als Ruth wieder die Essecke betritt, in den Händen einen Metallteller, auf dem eine Haube die ersehnten Briefumschläge versteckt. Die Gäste trommeln mit dem Zeigefinger auf die Tischdecke und geben Geräusche von sich wie eine Rakete beim Karneval in Köln:»Didi-didi-didi-dit ... hoi, hoi, hoi, hoi ...«

»So, ihr Lieben, es ist so weit. Zeigt her eure Punkte!« Ruth nimmt die Haube herunter und reicht jedem seinen Umschlag. Die Gäste ziehen die Papiere mit den Ergebnissen heraus und zeigen sie zu den Tischnachbarn herum.

Angelique: »Fünfundzwanzig, vorletzter Platz ... Ganz okay finde ich das nicht. Ich habe schließlich nicht so viel Zeit wie die anderen, ich habe doch auch noch meine beiden Töchter, um die ich mich kümmern muss. Das hätte man bei der Bewertung ja schließlich mal berücksichtigen können.«

Sven-René: »Neunundzwanzig? Die goldene Mitte? Damit habe ich nicht gerechnet. Irgendwas muss ich richtig gemacht haben. Scheint mir ein faires Ergebnis zu sein.«

Jockel: »Neunzehn! Nicht mal die Hälfte? Der letzte Platz ... Damit habe ich nicht gerechnet. Ich meine, gegen die Menüs von Henner und Sven-René war mein Dinner doch deutlich besser!«

Henner: »Vierunddreißig, Silbermedaille. Das geht in Ordnung. Den ersten Platz hat die Ruth verdient, hundertprozentig!«

Ruth: »Ach ... siebenunddreißig Punkte?! Das fasse ich nicht! Ihr habt mich zur Dinnerkönigin gekürt? Danke, danke schön, meine Lieben, da freue ich mich aber! Danke schön für eine tolle und spannende Dinnerwoche! Es hat Spaß gemacht mit euch ... und ich verspreche euch, ich lade euch noch mal ganz feudal zum Essen ein. Mit Partnern, falls vorhanden. Aber nicht in den nächsten Wochen. Ab morgen wird gefastet!«

So endet auch der letzte Dinnerabend. Ruth verschiebt den Gedanken an den Tornado in ihrer Küche und hat sich gerade mit einem Glas *Grumello* aufs Sofa geflegelt, als die Tür klappt und Nasko Vidakovic das Wohnzimmer betritt, ein großer Mann mit gemütlicher Figur, dunklen Locken und einem Bart in einem gutmütigen Gesicht. Er begrüßt seine Frau mit dunkler Stimme und weichem Dialekt: »Hallo, mein Schatz, hast du schöne Abend gehabt?«

»Nasko, mein Schatz!« Ruth begrüßt ihren Mann mit Küsschen. »Ich bin einfach nur noch platt. Klar Schiff mache ich morgen. Komm, hol dir ein Glas Wein und setz dich zu mir, dann erzähle ich dir, wie es war …«

Sonntag:
Lokaltermin bei Ruth

»Ich habe am Kopfende gesessen«, erklärt Ruth. Nachdem sie das verhängnisvolle Foto in Henners Büro entdeckt hat, sind Kommissar Friedhelm Bolle und Kommissaranwärter Max Thomas mit ihr und Henner wieder nach Poppenbüttel gefahren und befinden sich jetzt in der Essecke, in der am Freitag das Dinner eingenommen wurde. Ruth ist nämlich wieder diese Kleinigkeit eingefallen, die ihr an jenem Abend so merkwürdig vorkam, die sie aber gleich wieder vergessen hatte. Sie demonstriert, was sie meint: »Links von mir saß Angelique, neben ihr Sven-René. Rechts von mir saß Henner, dann Jockel. Hinter den beiden Männern ist der Durchgang zum Flur, also auch zum Wohnzimmer.«

Sie holt tief Luft und fährt fort: »Ich habe Jockel und Henner noch einmal Wein nachgeschenkt. Jockel hat sein Glas gleich leer getrunken, Henner hat nur einen kleinen Schluck genommen. Dann habe ich die Gäste ins Wohnzimmer gebeten. Sehen Sie, es ist doch so, normalerweise geht man immer den kürzesten Weg, ganz instinktiv. Das heißt, ich stand auf und wendete mich nach rechts, Jockel und Henner standen auf und drehten sich nur um, und Angelique ging nach rechts, also am Kopfende des Tisches vorbei, um die Essecke zu verlassen. Normal wäre es gewesen, wenn Sven-René nach links um das andere Ende des Tisches gegangen wäre. Tat er aber nicht, er folgte Angelique den längeren Weg um das Kopfende herum und war als Letzter im Wohnzimmer. Das habe ich flüchtig registriert, aber ich habe mich nur kurz darüber gewundert und es gleich wieder vergessen, es war doch so unbedeutend …«

»Sie meinen, Sven-René ging absichtlich am Kopfende des Tisches entlang, weil rechts daneben das Glas von Herrn Kuhlborn stand und er bei dieser Gelegenheit das vorbereitete Gift dort eingeschenkt hat?«, fragt der Kommissar. Ihm ist nichts Menschliches fremd. Henner nickt. »Es kann nicht anders gewesen sein. Das wäre die perfekte Gelegenheit gewesen, und ein Motiv hatte Sven-René immerhin.«

»Und dann hat Jockel Ihr Glas leer getrunken, Herr Kuhlborn?«, fragt der Kommissaranwärter. Henner fährt sich wütend mit der Hand über den Kopf: »Wir haben doch gesagt, Jockel war gierig und ein Lügner, und eine dieser beiden Eigenschaften hat ihm das Genick gebrochen. Die Gier war's! Als wir wieder zurück in die Essecke kamen, fragte

Ruth, ob noch jemand was trinken möchte. Wollte aber keiner. Ich hatte auch keinen Appetit mehr auf meinen Wein. Also fragte Jockel, ob er ihn austrinken könne. Das machte der dauernd, anderen den Teller leer essen oder das Glas leer trinken, das kannten wir schon.«

»Aber glauben Sie wirklich, Sven-René hätte zugelassen, dass Jockel statt Herr Kuhlborn den vergifteten Wein trinkt?« Bei Max melden sich leise Zweifel.

Ruth schüttelt den Kopf. »Nein, das war ja das Tragische. Sven-René hat es nicht mitgekriegt. Er hatte sich ein Glas Wasser über die Hose gekippt – er kleckerte dauernd mit irgendwas – und ging ins Bad, um sich abzutrocknen. Als er wiederkam, war das Glas leer, und er hat natürlich gedacht, Henner hätte den Wein ausgetrunken. Ich bin überzeugt, wenn er am Tisch gesessen hätte, hätte er irgendwie verhindert, dass Jockel aus dem Glas trinkt. Er hätte den Wein verschüttet oder was weiß ich, das wäre bei ihm überhaupt nicht aufgefallen.«

»Von Ihnen allen«, bemerkt Friedhelm nachdenklich, »war Herr Meise am meisten erschüttert über Herrn Mickelsens Tod. Wir dachten erst alle, weil er noch so jung und sensibel ist. In Wirklichkeit war er wohl hauptsächlich über die Tatsache erschüttert, dass es nicht Herr Kuhlborn, sondern Jockel war, der ums Leben kam.«

»Dann war Sven-René wohl auch mein Klingelgespenst«, folgert Henner nachdenklich, und Max stimmt zu: »Das passt. Er wollte sich wohl vergewissern, dass das Gift auch gewirkt hat, und als Sie nicht an die Tür kamen, muss er angenommen haben, dass sein Plan geklappt hatte.«

»Der arme Junge.« Ruth wischt sich eine Träne aus dem Augenwinkel. »Ich weiß, es war Mord, aber er tut mir so leid, unser Küken. Ich fand ihn immer so rührend, so tollpatschig. Werden Sie ihn jetzt festnehmen, oder was machen Sie mit ihm?«

»Wir werden ihn zu einem Gespräch aufs Präsidium bitten«, erklärt Friedhelm bedächtig.

Nachdem die beiden Beamten die gepflegte Poppenbüttler Wohnung verlassen haben, raunt er Max zu: »Aber wir postieren zwei Streifenhörnchen vor dem Haus. Und wir nehmen unsere Spezialarmbänder mit. Ich rufe den Staatsanwalt an, der freut sich bestimmt.«

Als Sven-René die Tür zu seiner großzügigen Studentenbude öffnet und Max und Friedhelm davor erblickt, senkt er die Augen und fährt sich niedergeschlagen mit der Hand übers Haar. »Sie wissen es, nicht wahr?«

»Wat hest di dorbi dacht, mien Söhn?« Friedhelm schlägt einen geradezu väterlichen Tonfall an, während sie die Wohnung betreten.

Sven-René lässt sich in eins der zahlreichen Sesselchen im Wohnzimmer fallen und schlägt die Hände vors Gesicht. »Es tut mir so leid, ich wollte doch Jockel nicht umbringen! Ich bringe doch keine Menschen um!«

»Sie wollten Herrn Kuhlborn umbringen«, stellt Max sachlich fest. Der baumlange Student fängt trocken an zu weinen. »Das ist was anderes, der hätte das verdient! Dieser Arsch! Der geht doch über Leichen, Hauptsache, seine Kohle stimmt! Warum hat er meine Eltern nicht gewarnt? Die hatten alles verloren, verstehen Sie, alles, und mein Vater war ein gebrochener Mann danach. Aber selbst jetzt ist dieses Schwein wieder davongekommen … Ich bin doch zu blöd. Selbst zum Morden bin ich zu blöd. Na los, nehmen Sie mich schon mit!«

»Henner, ich weiß nicht, wie es dir geht, aber ich könnte einen *Sljivovice* vertragen. Möchtest du auch einen?« Ruth ist völlig erschüttert. Henner nickt, und sie schenkt zwei Schnäpse ein. Er hebt sein Glas und erklärt mit belegter Stimme: »Ungewöhnliche Ereignisse erfordern manchmal ungewöhnliche Maßnahmen. *Zivjeli!*«

»Das war so eine Kette unglücklicher Umstände.« Ruth nippt an ihrem Glas. »Wenn Sven-René dieses Foto nicht gefunden hätte … Wenn Jockel nicht dein Glas leer getrunken hätte … Wenn Sven-René sich nicht Wasser über die Hose gekippt hätte …«

»Hör bloß auf.« Henner kippt den Schnaps hastig hinunter. »Ich fühle mich schuldig. Ich war es, der sterben sollte. Und ich hätte es verdient. Was meinst du, soll ich mich für Sven-René um einen guten Anwalt kümmern, der …«

»Henner, mach das nicht!«, gebietet sie eindringlich. »Er würde nicht wollen, dass du dich jetzt auch noch als Wohltäter aufschwingst. Wenn du allerdings irgendwelche Fäden im Hintergrund ziehen kannst, wäre das okay.«

»Hallo, mein Schatz!« Plötzlich steht Ruths Mann in der Tür, begrüßt sie mit Küsschen und gibt Henner freundlich die Hand: »Hallo, ich bin Nasko. Also, wir sagen mal du, ja?«

»Super, Nasko, ich bin der Henner«, grüßt der herzlich zurück. Nasko merkt aber schon, dass Ruth und ihr Gast dasitzen wie die begossenen Pudel. Fragend greift er nach der Karaffe mit *Sljivovice*. »Ruth, ist das Dinnergast von dir? Darf ich noch ein bisschen Heimatverbundenheit einschenken? Habt ihr Dinnermörder gefasst?«

»Haben wir, mein Schatz.« Ruth zieht Nasko neben sich aufs Sofa. »Es ist ganz furchtbar. Komm, ich erzähle dir …«

»Ich habe gerade mit Arne gesprochen.« Grinsend klappt Friedhelm Bolle sein Handy wieder zu. Die Rede ist von Arne Göransson, dem Staatsanwalt, und Friedhelm berichtet weiter: »Er ist sehr zufrieden, dass wir den Fall so schnell aufklären konnten. Er hatte natürlich Angst, VOX würde jetzt der Hamburger Polizei die Hölle heißmachen.«

Er sitzt mit Max in einem sonnigen Biergarten und trinkt mit ihm zum glücklichen Abschluss der Ermittlungen ein Alsterwasser – ungewöhnliche Ereignisse erfordern manchmal ungewöhnliche Maßnahmen. Max nimmt einen herzhaften Zug aus seinem Glas und stellt nüchtern fest: »Nur dass streng genommen nicht *wir* es waren, die diesen Fall aufgeklärt haben.«

»Sondern?« Friedhelm balanciert seinen Humpen in Brusthöhe und sieht den Kollegen fragend an.

Max starrt nachdenklich in sein Bierglas. »Eine freundliche Dinnerkönigin, der man zwar ihre Reinlichkeit zum Vorwurf machen kann, die das aber durch ihre Leidenschaft für fremde Fotoalben wieder mehr als wettgemacht hat. Und eine junge ausgeschlafene Gerichtsmedizinerin mit einem Faible für Seifenopern, perfekte Dinners, Krimis von Agatha Christie und einer scharfen Beobachtungsgabe. Neue Frauen braucht das Land, Herr Kollege … Diese beiden Damen waren uns eine große Hilfe, und wenn wir die nicht gehabt hätten, dann wäre diese bizarre Geschichte vermutlich jetzt noch nicht zu *Ende*.«